날개가

자라는

날들

문주현 장편소설

날개가 자라는 날들

1판 1쇄 발행 2025년 1월 10일

지은이 문주현

교정 주현강
마케팅 • 지원 김혜지

펴낸곳 (주)하움출판사   펴낸이 문현광

이메일 haum1000@naver.com   홈페이지 haum.kr
블로그 blog.naver.com/haum1000   인스타 @haum1007

ISBN 979-11-94276-70-8 (03810)

날개가 자라는 날들

문주현 장편소설

차례

흔한 만남, 흔하지 않은 이별

✦

내 등에 불쑥 날개가 솟는다면 분명 회색빛일 거라는 생각을 했다.

나는 조금 어두운 빛이거나 조금 밝은 어둠처럼 살기로 했으니까. 어둠은 나를 보고 밝다고 할 것이고 빛은 내가 어둡다고 할 것이다. 나는 사람들이 스스로 빛이거나 어둠이라고 착각하고 있을 뿐이라는 생각이 들었다. 인간은 너무 밝은 것도, 어두운 것도 볼 수 없다고 하니까.

수많은 타인이 아니라 나 자신에게 진실하고 솔직하게 살고 싶었을 뿐인데, 어쩌면 살면서 그게 제일 어려운 일인지도 모른다는 생각이 들기도 한다. 하지만, 결국 내가 가진 날개가 회색빛일지라도, 튼튼한 날개를 펄럭이며 날아올라, 한번 마음껏 삶을 비행하고 싶다고 생각하며, 나 자신만 알아차릴 흐릿한 미소를 지어 본다.

드레스 룸 한쪽 벽면은 전체가 거울로 되어 있고, 나는 그 앞에 섰다. 몸에 딱 붙고 작은 큐빅이 부분 부분 세련되게 장식된, 유명 디자이너의 작품이라고 하는, 하얀색 드레스를 입은 내 모습을 찬찬히 살펴보았다. 긴 흑갈색 머리에 가느다란 목선, 적당히 솟아오른 가슴에 이어 매끈한 허리, 탄탄한 골반과 쭉 뻗은 다리…. 내 얼굴과 몸 구석구석 어디엔가는 살아온 시간이 전부 담겨 있겠지. 슬프고 아프고 즐겁고 행복했

흔한 만남, 흔하지 않은 이별

던 날들 모두가.

어릴 적부터 평범해지고 싶었다. 그것뿐이라고 생각했다. 단지, 내가 원했던 것은. 하지만 평범하고 싶다는 내 갈망은 특별하고 싶은 것만큼이나 늘 어려운 일이었다.

......

나는 오늘부터 제법 큰 트랜스젠더 바의 쇼걸로 일하게 되었다. 그래서 벌써 집도 걸어서 출근할 수 있는 곳으로 이사했고, 나름 정리가 안 된 집에서 정리를 하면서도 수시로 공연 연습을 했다. 그런데도 첫 공연 날이 되자 너무 떨린다고 했더니, 전에 일했던 가게의 선희 언니와 민주 언니가 일부러 시간을 내서 와 주었다. 무대 바로 앞 테이블을 차지하고 열심히 손뼉 치며 응원해 줄 테니 아무 염려 말라며, 환하게 웃는 그 마음이 눈물 나도록 고마웠다. 눈물을 흘리지는 않았지만.

게다가 첫 공연이라고, 바쁘게 지내는 덕만이와 미나도 찾아왔다. 철모르던 시절부터 함께해 왔던 소중한 두 친구. 덕만이는 아버지 사업을 물려받아 덩치만큼이나 배포도 큰 남자가 되어 있었고, 늘 시원시원하고 담백한 미나는 바라던 IT 회사에 취업해 승승장구하고 있었다. 두 친구는 오늘 가게 매상은 자기들이 책임질 테니, 즐거운 마음으로 부담 없이 마음껏 공연을 펼치라고 말해 주었다. 나는 신난 아이처럼 들뜬 얼굴로 그들의 등과 어깨를 여러 차례 사정없이 때리며 연신 고맙다고 말해 주었다.

새로 옮긴 가게에는 나 말고도 공연하는 아가씨들이 세 명 더 있었는데, 그중 막내 유리가 어제 가게에 들러 의상을 두고 무대에서 예행연습을 마쳤을 때 말해 주었다. 사장 언니는 쇼를 하는 우리를 연예인처럼

흔한 만남, 흔하지 않은 이별

대해 준다고, 마음이 안 좋으면 공연이 안 된다며 늘 세심한 배려를 해 주고 손님들이 함부로 대하지 않도록 늘 배려해 준다고도 자랑했다.

바로 전에 일하던 가게에서 늘 든든하게 챙겨 주던 민주 언니 모습이 떠올랐다. 민주 언니는 나를 특히 아꼈다. 그녀 역시, 공연하는 사람은 마음이 편하고 기분이 좋아야 한다며 공연 전후에 기분 상하는 일이 있거나 손님들이 함부로 대하지 못하도록 특히 신경 써 주었다. 더러는 기분 상하게 하는 손님들도 여럿 있었지만, 내가 원하던 삶을 향해 꾸준히 앞으로 나아가는 과정이니, 그쯤은 대수롭지 않은 일로 여길 수 있었다.

드디어 첫 공연을 위해 무대로 향했다. 무대 앞은 어두웠지만, 선희 언니, 민주 언니, 덕만이와 미나가 차례로 눈에 들어왔다. 든든한 마음에 떨리는 마음이 조금 가라앉았다. 앞서서 무대를 꾸민 아가씨가 무대 뒤로 빠지자마자 무대로 나가 그동안 새로 준비해 온 춤을 마음껏 발휘했다. 현란한 조명이 공간에 가득했고 풍성한 음향이 온몸을 두드렸다. 나는 무대를 미끄러지듯 돌아다니며 힘차고 부드러운 곡선을 만들기도 했고, 발랄하면서도 관능적인 몸짓을 연결해 갔다. 세상이 저 멀리 멀어져 가고, 관객이 연기처럼 자취를 감추고, 춤만 그 자리에 남았는데, 그 춤마저 빛과 음악 속으로 마구 빠져들어 갔다.

정신을 차려 보니 박수갈채와 환호성이 들리고, 어느새 분위기가 한껏 달아올라 있었다. 나는 정중하게 인사를 마치고 무대 뒤로 빠졌다가, 언니들과 친구들이 있는 테이블을 향해 무대 뒤편과 연결되어 있는 계단을 내려오고 있었다. 그때 홀 쪽에서 커다란 소리가 들렸다.

"왜 이러세요! 정말."
"이리 와 보라고! 오라면 오지, 뭔 말이 많아? 에이, 씨!"

11
혼한 만남, 흔하지 않은 이별

어디에서나 술에 취하면 이상한 사람들이 있기 마련이지만, 가게를 옮긴 첫날에 이런 일이 생기다니 좀 당황스러웠다. 무대 옆쪽의 룸에서 뛰쳐나오는 막내 유리가 보였고, 만취한 남자 한 명이 뒤따라 나오며 소리친 거였다. 배가 불룩 나온 중년의 손님은 어느새 오른손으로 유리의 머리칼을 움켜쥐고 있었고 유리는 몸이 뒤로 기울어진 채 어쩔 줄 모르고 있었다. 홀에 있던 사람들의 시선이 우르르 그곳으로 모였다. 나는 성큼 다가서서, 술에 취한 손님의 손목을 잡고 비틀며 말했다.

"이러시면 안 되죠, 손님!"

나는 얼굴을 그 손님에게 바싹 대고 말했다. 유리가 그 손에서 재빠르게 빠져나왔다. 무술로 다져진 내게 술에 취한 손님쯤이야 우스웠다. 술에 취해 비틀거리는 그를, 나는 딱 한 대면 기절시킬 수 있을 것만 같았다.

"하, 요것 봐라! 감히, 날 잡았어? 아, 씨발!"

　그는 내 따귀를 때리려고 왼손을 힘껏 휘둘렀다. 그 상황에서 내가 한 대 때리기라도 하면 상황이 심각해질 것 같아서, 그냥 살짝 앉으며 손을 피하는 동시에 그 남자의 몸통으로 파고들어 엉덩이와 옆구리로 힘껏 그를 밀쳤다. 그 큰 덩치가 순식간에 밀리며 바로 옆의 테이블 위로 와장창 넘어졌다. 얼핏 보이는 미나가 안주를 먹으며 마치 영화를 구경하듯 흥미진진한 얼굴을 하고 있었다.

　약이 잔뜩 오른 그가 옷을 털고 일어나며 고래고래 욕을 했다. 그 소리를 듣고 룸에 있던 일행 세 명이 앞다투어 뛰어나와 뭔 일이냐며 소리쳤다. 세 명 다 어깨와 팔뚝에 힘을 잔뜩 주고 흥분했다. 음악 소리가 끊긴 가게의 분위기는 순식간에 얼어붙고 적막해졌다. 쓰러졌던 남자는 어느새 깨진 병을 들고 씩씩거리며 서 있었는데, 상황이 그 정도 되자 나는 그 남자가 달려들면 어디부터 때려 줄까를 곰곰이 생각하고 있

흔한 만남, 흔하지 않은 이별

었다. 이윽고, 그가 깨진 병을 휘두르며 달려들었다. 그때, 달려드는 취객의 뒤에서 한 남자가 그의 옷을 움켜잡고 잡아당기며 말했다.

"에이, 이건 아니잖아, 아저씨. 치사하게."
"넌 또 뭐야, 안 놔? 이것들이 전부 뵈는 게 없나!"

그를 향해 돌아선 취객은 술병을 휘둘렀다. 하지만 남자는 아주 작은 몸짓으로 피하고 술에 취한 그의 배에 짧게 펀치를 날린 뒤, 몸을 낮춰 그의 다리를 찼는데, 취객의 큰 덩치가 공중에 붕 뜨더니 '철퍼덕' 바닥으로 떨어졌다. 운동을 오래 한 나조차 감탄할 만한 솜씨였다.

어느샌가 든든한 친구 덕만이가 앞을 막아서며 내게 말했다.

"우리 지혜가 다치면 안 되지. 안 그래? 허허."

그러고 나서, 덕만이는 다가서는 취객의 일행들에게 불곰 같은 팔을 휘저으며 다가서지 말라고 후회할 짓 하지 말라며, 그들에게 호통을 쳤다. 순간 그들은 잠잠해졌다. 거대한 바위에서 울려 나온 것만 같은 우렁찬 목소리, 단단하고 견고한 덩치에서 뻗어 나오는 특별한 기세에 감히 누구도 다가설 엄두를 내지 못했다. 그 틈을 타, 웨이터 오빠들과 사장 언니까지 나서며 사태는 벌써 마무리되고 있었다. 음악 소리가 다시 울려 퍼지기 시작했다.

조금 전 나를 도와준 남자가 미소 지으며 물었다.

"괜찮아요? 아, 그 양반, 진짜 취하니까, 추하네…. 근데, 싸움 잘하나 봐요. 놀라지도 않던데요? 제 테이블에 가서 술 한잔해요. 부탁해요."

옆에 서 있던 마담 언니가 따라가라고 손짓하며, 매주 한 번 이상 오는 단골손님인데 좋은 손님이니 걱

15
흔한 만남, 흔하지 않은 이별

정하지 말라며, 남들도 다 들리는 귓속말을 했다. 평소 친구들이나 거래처 사업자를 여러 명 데려오곤 하는데, 오늘은 혼자 온 것 같다며….

"지혜 씨 맞죠? 난 오기준이라 해요. 처음인데 반갑네요. 하하하."

당차고 깔끔한 외모에 웃음이 잘 익은 과일처럼 싱그러웠다. 그에게 좋은 향기가 났고, 이유 없이 마음이 푸근해졌다.

"춤을 잘 추던데, 춤만큼 싸움도 잘하나 봐요. 정말 눈 하나 깜짝 안 하는 거 보고, 난 그거에 정말 놀랐어요. 거 참, 매력적인데요."

얼굴을 가득 채운 그의 미소와 정중하고 담백한 말투에 기분이 좋아지고 있었지만, 나는 웃음 지은 표정으로 답하고, 눈만 껌뻑이고 있었다. 그가 더 즐거워진 표정으로 말을 이었다.

"기준 오빠라 불러요! 내가 아마 지혜 씨보다 열 살 정도 많을 거 같은데, 암튼, 잘 지내 보자고요."

또 한 번 그는 호탕하게 웃었고, 그 웃음소리가 내 마음 구석구석까지 울리며 퍼졌다. 그리고 또다시 그에게서 향기가 풍겼다. 이상한 설렘이 따라왔다. 아주 좋은 예감이 물감처럼 번졌고 주변이 환해지는 느낌마저 들었다.

그렇게 그와 함께 짧은 첫 만남을 나누고, 난 나를 찾아 준 친구들과 언니들의 테이블로 가서 실컷 웃고 떠들었다.

그 이후로도 그는 가게에 자주 왔다. 손님과도 함께 왔지만, 혼자 오는 날이 점점 더 많아졌다. 혼자 와서도 매번 후하게 쓰며 가게 언니들에게도 늘 친절했다. 나이는 30대 중후반에 주류업체를 운영하는 대표

라고 했다. 그는 감각 있고 여유가 넘치는, 그러면
도 사람들에게 친밀감을 주는 다정한 남자였다.

기준 오빠는 눈에 띄게 가게에 자주 오더니 이젠
대놓고 나를 좋아한다고 말하고 다녔다. 가게 언니들
다 듣는 데서 "지혜야, 우리 진지하게 한번 사귀어 보
자. 내가 잘할게. 나 정도면 괜찮지 않아?"라며 시도
때도 없이 말하고 다녔다. 언니들도 좋다고 웃으며 그
에게 내 등을 떠밀곤 했다.

사실 기준 오빠가 그러는 게 싫지는 않았다. 오빠
와 길게 대화를 나눠 본 적은 없었지만, 왠지 옆에 있
을 때 편안해지는 느낌이었고, 항상 농담하는 듯해도
어딘가 진중한 데가 있는 사람이었다. 매번 볼 때마다
사귀어 보자는 기준 오빠 말에 나도 모르게, 이런저런
기분 좋은 상상을 하기도 했다. 그렇게 이미, 충분히
가까워지고 있었는지도 모른다.

어느 날 일을 마치고 언니들과 헤어져 집으로 돌아가는데, 내가 매일 다니는 길목에서 기준 오빠가 차를 세워 놓고 기다리고 있었다. 어린아이처럼 환하게 웃으며 손을 흔드는 모습이 우습기도 하고 귀엽기도 했다.

"지혜야! 우리, 바다 보러 가자. 어때, 좋은 생각이지?"

아무 설명도 없이 바다로 여행 가자는 말이 뭐 싫지는 않았다. 마침 내일이 휴무라 시간이 여유롭기도 했다. 그도 잘 알고 있을 터였다. 그가 말을 이었다.

"가면서 실컷 자. 머리도 식히고 바다 구경하자는 거지 뭐. 한번 가 보자."

그의 제안이 좋았다. 모처럼 복잡함을 다 비우고 바다를 보고 싶었다. 생각해 보니, 어릴 적 할머니와

흔한 만남, 흔하지 않은 이별

온 가족이 제주도로 여행을 다녀온 이후 바다에 가 본 적이 없었다. 무엇보다 깔끔한 그의 성품에서 풍겨 나오는 향기가 마음을 넉넉하게 만들었다. 나는 차 쪽으로 살짝 몸을 돌리며 말했다.

"그래! 보러 가자, 바다."

나는 고속도로를 달리는 시원한 차의 앞자리에 누워, 스쳐 지나가는 풍경을 바라보다가, 기분 좋은 잠에 빠져들었다. 중간중간 깨어 있는 건지 꿈을 꾸는 건지 헷갈리다가 어느새 철썩대는 바닷소리에 눈을 떴다. 그는 아무 말도 없이 바다를 바라보고 옆에 앉아 있었다. 오빠가 나를 쳐다보고 푸근한 미소를 지으며 말했다.

"지혜야! 일어났니? 피곤했나 보네, 잘 자더라. 코도 골았어, 너."
"거짓말. 나, 오는 내내 잔 거야? 어이없네. 운전하느라 힘들었겠다…. 미안."

파랗게 펼쳐진 바다가 두 눈 가득 보였다. 파도 소
리가 너무 시원했다. 바람도 부드럽고 좋았다. 이미
떠오른 태양이 모든 풍경을 반짝였다. 우리가 함께 맞
이한 바다는 그렇게 좋았다.

"어디야, 여기?"

"강릉 앞바다야. 저긴 내가 예약한 펜션. 들어가자,
배고프다. 너 자는 사이에 먹을 것도 좀 사 왔어."

기준 오빠가 사 온 음식들로 간단하게 아침상을 차
렸다. 호텔의 아침 식사라고 해도 될 만큼 깔끔한 식
탁 위에 갓 구워진 빵과 스크램블드에그, 깨끗이 씻은
샐러드와 따끈한 원두커피를 곁들였다. 모래사장과
바다가 가득 보이는 창문으로 들어오는 햇살을 맞으
며, 상쾌한 아침 식사를 즐겼다. 아주 기분 좋은 편안
함이었다.

흔한 만남, 흔하지 않은 이별

아침을 먹고 오빠와 나는 해변 길을 산책하며 이런 저런 이야기를 나눴다. 기준 오빠는 어렸을 때 사고로 아버지를 잃고 어머니와 단둘이 살고 있다고 했다. 일찌감치 대학을 포기하고 트럭 한 대를 장만해 배달 일을 하다가, 오빠의 능력과 성실함을 좋게 본 주류업체 사장님이 자기 가게 배달을 전부 맡기고, 가게 관리까지 해 달라고 했다고 한다. 그렇게 6년을 넘게 일하면서 자기 회사를 차릴 수 있었다고.

해안을 따라 쭉 이어진 바닷길을 걸으며 사진도 찍고, 모래사장에 누워 파란 하늘과 자유롭게 날아다니는 갈매기들을 구경하기도 했다. 부서지는 파도 소리를 들으며 한참을 세상모르고 누워 있다가 일어나 다시 걸었다. 그렇게 한참을 걷다가 기준 오빠가 멈춰 서더니, 담백하게 말했다.

"지혜야, 우리 오늘 한번 자자!"

나는 어이가 없기도 하고 웃기기도 해서 그의 얼굴을 빤히 쳐다봤다. 거침없고 무조건 당당한 이 남자. 진지하면서도 가벼운 이상한 사람. 물끄러미 쳐다보는 내 모습이 재밌었는지, 진지하게 얘기한 본인 모습이 웃겼는지, 장난스러운 얼굴로 한마디 덧붙였다.

"하기 싫으면 뭐, 그냥 안고 자기만 해도 된다. 뭐."

나는 그런 그가 귀엽기도 해서 팔꿈치로 옆구리를 쿡 찌르고는 앞서 걸어갔다. 오빠는 곧장 따라오며 내 허리에 손을 감고 내 이야기도 좀 해 달라고 했다.

나는 할머니 이야기부터 시작해 초등학교 시절 이야기, 미나와 덕만이와 있었던 어린 시절 추억들을 이야기했다. 어쩌면 평범하지 않을 수 있는 내 이야기에도 그는 고개를 끄덕이며 깊이 공감해 줬다. 그런 그가 새삼 다정하게 느껴졌다.

저녁에는 펜션 발코니에서 촛불을 켜고 바다를 보며 고급스러운 해산물과 와인을 곁들인 식사를 했다. 말이 떠오르면 이야기하고 아닐 땐 그냥 조용히 바닷소리에 귀를 기울이기도 했다.

그날 밤 나는, 기준 오빠와 기꺼이 함께 잤다. 그게 어쩌면, 기준 오빠보다도 더 내가 원했던 거였다는 생각도 든다. 그가 애무를 시작하면서 내 머리와 정신은 몽롱해지기 시작했다. 눈앞의 현실이 흐릿해지더니 따뜻한 봄바람처럼 부드러운 전율이 밀려오다가 점점 거세고 뜨겁게 몰아쳤다. 오빠와 나는 그런 느낌 속에서 섬점 하나의 육체가 되어 갔다.

몽롱한 가운데 부서지는 파도 소리를 들으며 점점 더 강렬한 느낌에 빠졌다. 나는 방금 태어나 막 의식을 갖게 된 아이처럼, 그와 나를 느끼다가, 그와 나를 둘 다 느끼지 못하다가 하는 느낌을 반복하며 느끼다가 백일몽 속으로 흘러 들어갔다. 그 꿈에서 나는 인어가 되었다. 완전한 여자가 되지 못하고 거품이 되어

떠내려가는, 이상한 생물체. 이렇게 녹아서 거품 속으로 사라지는 걸까. 그래. 세상아, 안녕. 바람과 모래 사장과 꽃과 풀이 있는 세상아, 다음 생애에는 온전한 여자가 되어 만나자. 꼭 그러자. 나는 계속 인어가 되고 파도가 되어 흐르고 흘러서 어디론가 떠밀려 갔다. 이것이 죽음이라도 거절할 수 없을 거였다. 그러다가 마침내, 모든 현실과 꿈마저 지워지고 말았다.

다음 날은 휴무일이어서 늦잠을 자고, 여유로운 하루를 보내고, 오후 늦게야 천천히 서울로 올라왔다.

그날 이후로 우리는 시간이 맞는 날이면 미사리나 양평, 강화도 근처의 펜션에서 한적한 휴일을 보내기도 했고, 숲속 야영장에서 텐트를 치고 고기를 구워 먹거나 함께 영화를 보고, 경치가 좋다는 곳과 맛집들을 두루 방문하며, 다양한 풍경을 만끽하고 다양한 맛을 음미했다. 정작 우리가 만끽한 것은 서로였지만 말이다. 그러는 동안 내 수술 날짜도 점점 다가오고 있었다. 인어 같은 사람이 아니라 온전한 여자가 되기 위한 마지막 수술. 그동안 한 푼 두 푼 알뜰하게 모아 어느덧 꽤 넉넉한 돈이 쌓여 있었는데, 기준 오빠가 불쑥 물었다.

"지혜야, 너 수술비 모은다며?"
"수술비는 벌써 다 모았지. 이제 날짜만 기다리면 돼."

기준 오빠가 갑자기 심각한 얼굴로 말했다.

"벌써? 아, 그러면 안 되는데…!"

오빠는 잠시 난감한 표정을 짓더니 어렵고 쑥스러운 얼굴로 말했다.

"너, 내가 부탁 하나 하자. 내가 수술비 이천만 원 보탤 테니까, 수술 끝나면 맨 처음 나랑 하는 거야. 어때?"

나는 킥킥거리며 웃고 말았다. 어차피 수술하고 처음으로 자기랑 함께할 줄 알면서도, 이 남자는 그냥 나한테 이천만 원을 주겠다는 거다. 나는 낯선 곳에서 수술하려면 여윳돈이 필요할 것 같기도 하고, 가족들이나 이태원 언니들에게 줄 선물도 좀 사면 좋겠다 싶어 시원스럽게 말했다.

"그래, 이천만 원 줘라! 까짓것, 처음으로 오빠랑 해 줄게."

그는 로또라도 당첨된 듯 좋아했다. 미치겠다, 정말. 나는 낯선 곳에서 재밌게 쇼핑도 하고 가족들이며 친구들이며 이태원 언니들 줄 선물들도 사는 상상을 하며 즐거웠다. 사실, 선물보다 이 남자의 마음이 고마웠다. 두렵고 떨리는 수술도 한결 마음이 가볍고 편안해진 것만 같았다.

다음 날 기준 오빠는 바로 내 계좌로 이천만 원을

송금하고 확인하듯, "약속 꼭 지켜라." 하고, 문자를
보냈다. 그의 웃음소리가 문자를 통해서도 들리는 것
만 같았다.

내가 모은 돈과 할머니께서 주신 돈에 기준 오빠가
보태 준 것까지 합하니 훨씬 여유로운 상황이 되었다.
나는 내가 아끼고 믿는 민주 언니도 여행에 데려가기
로 했다. 경비는 내가 전부 대 주겠다고 했다. 수술 일
정도 최대한 앞당겨 수술 전에 가족들도 만나고, 덕만
이와 미나, 가게 언니들도 만나며 마음의 준비를 마쳤
다. 모두가 무사히 수술 마치고 돌아오라며 응원해 주
고 힘을 더해 주있다.

출국 날 기준 오빠는 공항까지 민주 언니와 나를
데려다주었다. 공항 검색대로 들어갈 때까지 "수시로
연락해, 알겠지?"라며, 아주 걱정스러운 표정을 지으
며 여러 차례 말했다. 나는 해외여행은 처음이었지만,
민주 언니가 곁에 있으니 무척 든든했다. 목숨 건 수

술을 눈앞에 두고 가장 믿는 사람이 옆에 있다는 게 너무 든든했다. 게다가 수술을 마치고 기준 오빠에게 연락할 생각에 벌써부터 두근대는 기분이었다.

태국에 도착해서 첫날에는 민주 언니와 수다를 떨며 현지 가이드와 함께 태국 시내를 여행했다. 저녁에는 여러 술집을 돌아다니며 태국의 밤 문화를 체험하기도 했다. 수술이 끝나면 돌아다니기 힘들 것 같아서 둘째 날에는 쇼핑도 하고 가족들이며 언니들에게 줄 선물도 잔뜩 샀다. 셋째 날에는 민주 언니만 여행하고, 나는 수술 준비로 일찍 병원에 입원해 여러 검사를 했다. 성전환 수술과 가슴 성형을 같이 할 예정이었다. 전문 통역사가 의사의 말을 자세히 한국말로 옮겨 주어 마음이 많이 놓였다. 잠들기 전에는 기준 오빠와 통화를 했다. 오빠 목소리가 평소보다 들떠 있었다. 그의 향기가 그리웠다. 오빠의 마지막 말을 듣고 설레고 푸근한 마음으로 잠들었다.

"지혜야, 오빠 궁금해 미치게 하지 말고, 마취 끝나면 바로 전화해라. 약속이다."

다음 날 수술에 앞서 진정제라며 여러 알약을 주었는데, 약 기운에 의식이 점점 몽롱해졌다. 어릴 적 할머니에게 떼쓰던 장면이 떠올랐다. "나 잠지가 갖고 싶어, 할머니. 아니, 왜 고추가 있냐고!" 미나와의 입맞춤도 떠올랐다. 엄마 몰래 화장대에서 립스틱을 바르다 둘째 오빠한테 꿀밤을 맞던 장면. 덕만이와 패거리가 날 괴롭힌 장면. 여러 장면이 한데 얽히다가 어느 순간 의식을 잃었다.

시간이 얼마나 흘렀을까. 의식이 돌아오자, 온몸에 뻐근함이 느껴졌다. 가슴에서부터 미라처럼 칭칭 붕대가 감겨 있었다. 옆에서는 민주 언니가 지켜 주고 있었다. 다행이다. 나는 계속 자다 깨기를 반복하다가 마취에서 깨자마자 전화하라던 기준 오빠 목소리가 떠올랐다. 나는 힘들게 몸을 조금 일으켜 바로 전화기를 들었다.

그에게 전화했다. 수화기가 울리기 시작했다. 한 번…. 두 번…. 벨 소리만 울리고 답이 없었다. 이럴 리가. 마취에서 깨자마자 전화하라던 사람이 고작 몇 시간 지나 연락이 끊길 순 없었다. 무슨 일이 생기지 않고서야 말도 안 된다. 불길한 느낌이 전율이 되어 올라왔다. 나는 가게 마담 언니에게 전화해 알 만한 사람들을 수소문해 달라고 말했다. 언니는 곧 다시 전화를 걸어 오빠 지인 중 아무도 오빠와 연락이 닿지 않는다고 했다. 회사에서조차 연락 두절이라고 했다. 무슨 일이 생긴 걸까? 불과 몇 시간 전만 해도 웃으며 수술 끝나면 전화하라던 사람이…. 오빠의 목소리가 머릿속을 빙빙 맴돌았다. 가슴이 터질 것처럼 불안했다.

온전한 여자로 변신한 내가 한 남자를 애타게 그리워하고 있었다. 제발 무사해야 할 텐데…. 도대체 무슨 일일까. 걱정 가득한 머릿속에서 느닷없이 어린 시절 기억이 떠올랐다.

......

빛나는 안개처럼 햇볕이 환한 오월의 어느 날, 나는 색동저고리에 빨간 치마를 입고 할머니와 쑥을 뜯고 있었다.

"나 잠지가 갖고 싶어, 할머니!"

어린 손자가 불쑥 꺼낸 이 말에 할머니는 잠시 나를 쳐다보더니 다시 쑥을 뜯으며 말을 이었다.

"그러게, 우리 막둥이가 여자로 태어났으면 얼마나 좋았겠냐…."

나는 조금 더 큰 목소리로 항의하듯 말했다.

"아니, 나 왜 고추가 있냐고!"

사실 내가 태어나기 전 할머니는 누구보다 내가 여자이기를 바라셨다고 한다. 내 위로 형만 둘이었던 집안에서 제발 손녀딸이 태어나게 해 달라고, 매일 기도하셨단다. 어쩌면 엄마 아빠도 내가 딸이었기를 바라셨을지도 모른다. 사내아이만 둘을 낳았으니, 분명 예쁜 딸을 낳아 보고 싶었을 거다.

내가 세 번째 아들로 태어난 날 할머니는 "아이고! 하늘도 무심하시지."라며 종일 한숨을 쉬셨다고 한다. 아빠도 엄마에게 수고했다는 한마디만 하고, 곧바로 포장마차로 가셨다고 했다. 엄마는 잘못한 것도 없는데 괜히 죄인이 된 심정으로 한동안 불편하게 지내셨다고. 할머니는 내가 태어난 후에도 한참 동안 딸에 대한 미련이 남으셨는지, 작은아버지 딸이 크면서 못 입게 된 옷들을 가져와 내게 입히는 걸 낙으로 삼으셨다.

왜 그때 7살의 나이에 할머니에게 문득 잠지를 갖고 싶다 했는지, 아직도 잘 모르겠다. 아마 할머니가 날 딸처럼 키우셨기 때문이라기보다 딸만 둘인 옆집 여자아이들을 보면서 자연스럽게 그들의 매끈한 몸을 갈망했는지도. 옆집 아이들이 벌거벗은 몸으로 노는 모습을 볼 때마다 나와는 다른 아랫도리가 이유 없이 부럽게 느껴졌는지도 모른다. 아니면 원래 여자로 태어나야 할 내가 나를 찾아 방황하기 시작했는지도 모른다.

내가 만약 형들과 어울려 놀기를 좋아했고 남자아이처럼 노는 걸 좋아했다면, 아무리 할머니가 나를 여성스럽게 키우려 해도 내가 여자아이처럼 옷을 입고 할머니와 손녀딸 놀이를 하지는 않았을 것이다. 나를 여자로 만든 건 어쩌면 태어날 때부터의 모습과 살아오면서 겪은 일들이 합쳐져서일지도 모른다. 운명이라 해야 할지 숙명이라 할지, 어릴 때부터 난 집에서 고추를 드러내 놓고 돌아다니는 형들보다 옆집 자매의 미끈한 몸을 갖고 싶다는 생각을 더 많이 했으니까.

아무튼, 처음부터 난 이상한 아이였다.

뒷산에서 쑥을 뜯고 집으로 돌아오는 길에는 붉은 노을이 더 붉게 타오르고 있었다. 내 마음도, 왠지 모르게 부글부글 끓어올랐다.

그렇게 집에 돌아오자 나를 마주친 엄마가 절규 같은 비명을 질렀다.

"아, 어머니!!! 내일모레 학교 갈 사내아이한테 저게 뭐예요! 아, 정말 미치겠네."

할머니와 나는 엄마의 기세에 눌려 슬그머니 방 안으로 들어갔다. 방에서 내 옷을 갈아입히고 나서야 할머니는 특유의 여유를 되찾으며 말했다.

"갈아입으면 되지, 뭘…"

내 기억 속의 할머니는 언제나 빙그레 웃으며 행복한 모습으로 계신다. 동네의 다른 할머니들은 늘 어딘가 아픈 표정을 하거나 슬픈 모습이었는데, 우리 할머니는 몸 여기저기가 늘 아픈데도 "아, 글쎄, 여기하고 여기가 아파." 하시며 간지럼 타듯 웃곤 하셨다. 그런 할머니를 가진 난 세상에서 부러울 게 없었다. 할머니는 가장 편한 울타리였고, 포근한 둥지였다.

하지만 철모르던 어린 시절도 지나가고 초등학교 입학을 앞두고 있을 때였다. 갑자기 새로운 환경에 적응해야 한다는 게 무섭고 낯설었다. 형들은 이미 제각각 친구들과 어울리며 숙제하고 놀며 바쁜 생활을 하고 있었다. 하지만 난 여전히 할머니와 놀거나 옆집 여자아이들과 소꿉장난을 하는 게 전부였다. 이런 내가 낯선 친구들이 왕창 모인 곳에 가야 한다니. 소름 끼치고 겁이 났다.

입학하는 날. 나는 잔뜩 긴장한 채 엄마 손을 잡고

학교로 갔다. 엄마는 도착하자마자 수많은 아이가 모인 곳으로 나를 밀어 넣었다. 두렵고 낯설었다. 곧이어 선생님이 아이들을 향해 큰 소리로 외쳤다.

"남자아이들은 이쪽, 여자아이들은 저쪽에 키 순서대로 서는 거예요. 알았죠?"

어느 쪽에 서야 할지 난감했다. 이 황당한 마음을 누가 알까. 혼란스러웠다. 그동안 내내 여자아이들과 소꿉장난이나 인형 놀이만 하던 나인데. 엄마와 형들도 그런 나를 한심한 표정으로 바라보긴 했지만, 그저 좀 별난 아이로 생각했을 뿐이었다. 옆집 아이들도 심심함을 달래기 위한 친구로 나를 생각했을 뿐 내가 여자인지 남자인지는 별로 신경 쓰지 않았다. 어차피 소꿉놀이의 역할은 이렇게 저렇게 항상 바뀌니까. 할머니는 여자아이처럼 노는 나를 빙그레 웃으며 바라보셨고, 아빠는 관심이 없거나 별로 이상하게 생각하지 않았다. 그래서 입학식 때까지도 난 내가 남자인지 여자인지 별로 고민하지 않았던 거다.

처음으로 내가 남자아이들 쪽에 줄 서야 한다는 게 너무나도 버겁게 느껴졌다. 정말 싫었다. 나는 남자아이도 여자아이도 아닌, 여자아이가 되고 싶은 남자아이였기 때문에. 어린 내가 그 상황에서 누구에게 그런 얘기를 할 수 있었을까. 아무에게도 얘기하지 못한 채 얼어 있었다.

아이들은 줄을 맞추느라 이곳저곳 분주하게 뛰어다니는데, 잔뜩 긴장하던 내 다리에서 갑자기 뜨거운 것이 흘러내렸다. 오줌을 싼 것이었다. 바지 밑으로 뜨겁고 축축한 게 느껴진다 싶었는데, 엄마가 뒤에서 나타나 내 손을 움켜쥐며 말했다.

"가자, 집에. 얼른! 아, 창피해!"

지금 생각하면 당연히 그럴 수 있었다고 생각하는

데, 당시에는 내가 너무 한심하고 바보처럼 느껴졌다. 젖은 바지로 집까지 돌아오는 길이 평소보다 멀게 느껴졌다. 엄마는 집에 오더니 할머니와 오빠들 듣는 데서 그날 일을 끝없이 반복 재생했다. 내가 엄마를 얼마나 창피하게 했는지 몇 번이고 얘기하며. 저녁에 아빠가 들어오시자 엄마는 같은 얘기를 소프라노 같은 열창으로 더욱 반복했다. 정작 당황스럽고 창피한 사람은 나였는데 말이다.

그 뒤로 이틀간 나는 이불을 덮어쓴 채 꾀병 투쟁을 했다. 학교만은 절대 가고 싶지 않았다. 결국 엄마의 회유와 압박으로 투쟁을 포기한 나는 또다시 엄마 손에 이끌려 학교로 향했다. 엄마는 담임선생님께 내가 아팠다고 거짓말했다. 교실에 들어서자, 내가 없는 동안 정해진 짝꿍이 지난 이틀 동안 있었던 일들을 묻지도 않았는데 고자질하듯 자세히 이야기했다. 다른 아이들은 내가 없다는 걸 눈치채지 못한 것 같았다. 다행히도. 아마 별 관심 없었을지도.

나는 천천히 주변을 살피면서 이 낯선 세상에 어떻게 적응할까, 고민하기 시작했다. 남자아이들은 벌써 남자아이처럼 행동했고, 여자아이들은 여자아이처럼 굴었다. 이게 가정교육의 힘, 아니 가정 세뇌의 힘일까. 우리 가정이 문제일까, 내가 문제일까, 아니면 둘 다일까. 잘 모르겠지만 어쨌든 난 처음으로 여자도 남자도 아닌 존재로 커다란 세상에 발을 들인 것이었다.

나는 내 여자아이 같은 말투와 모습을 숨기려고 본능적으로 말을 줄였다. 행동도 최대한 단순하게 했다. 반 아이들은 그냥 내가 얌전하고 착한 아이인 줄 알았던 것 같다. 다행히 나는 반에서 공부를 잘했다. 입학 훨씬 전부터 엄마가 강제로 학습지를 시켜 오기도 했지만, 무엇보다 나는 집중력과 이해력이 좋고 새로운 것을 배우는 데 재미를 느꼈다. 교과서를 살펴보니 이미 대충 다 본 내용이어서, 나는 그저 얌전하고 공부 잘하는 애가 되어야겠다고 생각했다. 남다른 내 모습을 숨기려고. 다행히 아이들은 공부 잘하는 애를 함부

로 대하지는 않았기에, 학교생활은 두려워했던 것과
달리 순탄했다.

학교에서 하루 종일 내숭을 떨고 집에 도착하면 피
곤함과 스트레스가 밀려왔다. 그때마다 난 형들을 괴
롭히기도 하고, 할머니 앞에서 여자아이 옷을 입고 걸
그룹 댄스나 트로트로 장기 자랑을 하다가 이유 없이
떼를 쓰기도 했다. 어린 나의 스트레스 해소 방법이었
다. 큰형은 나이 차이가 커서 그런지 자주 부딪히지
않았지만, 둘째 형과는 앙숙처럼 지냈다.

여자가 되고 싶던 나는, 어차피 집에 있어도 길 잃
은 아이였다. 가끔은 엄마 화장대에서 아이라이너와
립스틱을 빼내 몰래 바르곤 했다. 그럴 때마다 둘째
형이 귀신처럼 튀어나와서는 "에이, 이 또라이 자식!
또 지랄하네."라며 꿀밤을 때리고 엄마한테 일러바치
러 갔다. 엄마는 화가 날 때면 늘 갈라지는 목소리로
소리를 질렀지만, 욕먹는 것도 은근히 스트레스가 해

흔한 만남, 흔하지 않은 이별

소됐다. 그렇게 나는 소소한 행복과 크고 작은 사건들을 겪으며 나름 평탄한 학교생활을 해 나갔다. 아련한 추억에서 현실로 돌아와 보니 나는 이제 여자가 되어 있었다.

......

태국에서 수술을 마치고 재활 치료도 무사히 끝내고 한국에 돌아올 때까지도 기준 오빠는 연락이 되지 않았다. 마음이 점점 더 불안해졌다. 한국에 도착한 지 이틀째가 되었을 때 오빠에게서 문자 한 통이 왔다.

"나 살아 있다. 다시 연락할게. 걱정 말고 기다려."

화가 치밀어 올랐다. 걱정하지 말라니! 앞뒤가 안

맞는 소리를 하고 있었다. 그래도 문자를 받고 나니 마음은 놓여 조금은 숨을 쉴 수 있었다. 지난 여러 날 동안 불안해서 어쩔 줄 모르던 마음이 조금은 진정되었다.

수술의 상처가 아물며 내 마음도 조금씩 회복되고 있었다. 새로 생긴 가슴과 성기의 상처가 자리를 잡는 과정은 꽤 고통스러웠다. 매일 내 몸에 관심과 사랑을 기울이며 정성스레 돌봐야 했다. 그동안 내 몸이 얼마나 소중하고 내 관심이 필요한지 모르고 살아왔다는 생각이 들었다. 그렇게 정성과 관심을 기울이며 내 몸은 완전히 새롭게 변해 갔다. 하루에도 몇 시간씩 전신 거울 앞에서 내 몸 구석구석을 훑어보며 황홀한 느낌에 빠져들기도 했다.

매일 새롭게 의문이 들기도 했다. '나는 이제 완전한 여자가 된 걸까?' 거울에 비친 내 모습은 완전한 여자였지만, 가끔 내 몸이 아닌 것 같은 기분도 들었다. 여자가 됐다는 기쁨과는 전혀 다른 감동이 밀려왔다. '나는 이제야 내가 된 거야…. 이제는 좀 편해. 내 몸이, 내 마음이…. 버텨 왔던 나에게 고마워…. 그리고 나를 이해해 주고 감싸 준 모두에게 감사해….'

매일 감탄과 놀라움, 혼란 사이를 오고 갔다. 게다가 수술 끝나자마자 연락하라던 남자는 알 수 없는 문자만 보내고 연락이 없다. 대체 어디서 뭘 하는 걸까. 무슨 일일까.

그 뒤로도 한 달쯤 지나서야 기준 오빠에게서 다시 연락이 왔다. 밤늦은 시간에.

"사실 내가 좀 많이 다쳤다.
Y 병원. 1308호. 내일 와서 얘기하자."

머리가 띵했다. 뭔가 안 좋은 일이 생긴 것 같은 예감은 들었지만, 막상 다쳤다는 문자를 보니 불안하던 마음이 다시 터질 것만 같았다. 다음 날 가게에 얘기해 휴가를 내고 얼른 병원으로 달려갔다. 병실 안에는 침대에 누워 있는 기준 오빠와 그 옆에 어머님처럼 보이는 분이 함께 있었다. 나는 조심스럽게 인사를 하고 침대 쪽으로 다가갔다. 어머님이 의자에서 일어서며 반기셨다.

"지혜 씨, 맞죠? 얘기 많이 들었어요. 둘이 이야기하게 나는 잠시 나가 있을게요."

어머님이 나가시고 나는 오빠를 좀 더 자세히 볼 수 있었다. 오빠는 침대를 조금 세워 TV를 볼 수 있는 자세로 누워 있었다. 다행히 얼굴은 크게 다치지 않고 멀쩡해 보였다. 안색도 그리 나쁘지 않아, 생각보다 심각하지는 않을 수도 있다는 생각이 들었다. 기대 반 걱정 반으로 쳐다보는 나를 보며 오빠는 미소 지은 채 말했다.

"보니까 좋네. 오라고 하길 잘했어. 수술은 아주 잘

흔한 만남, 흔하지 않은 이별

됐나 보네, 흠."

　살아 있는 그를 보고, 그의 목소리를 들으니 살 것
만 같았다. 내 가슴이며 몸을 위아래로 훑어보며 말하
는 오빠의 팔을 살짝 꼬집으며 짜증 내기 시작했다.
뭐냐고, 답답해 죽는 줄 알았다고, 미쳤냐고, 너무하
다고, 도대체 뭐냐고, 그렇게 연락하기 힘들었냐며,
한참을 퍼부었다.
　기준 오빠는 그런 나를 귀엽다는 표정으로 미소 지
으며 바라보다가 이내, 숨을 크게 몰아쉬더니 아주 느
릿느릿 설명하기 시작했다.

　내가 태국에서 수술받고 있을 때, 그 시간쯤에, 오
빠는 답답한 마음에 평소에는 하지 않던 재고 파악을
했다고 했다. 주류 창고 앞에 서서 술 박스를 정리하
고 있는데, 지게차에 잔뜩 박스를 싣고 운전하던 직
원이 그를 발견하지 못했다는 거다. '뻐버벅!' 하는 둔
탁한 소리가 나며 지게차 끝에 허리를 부딪치고, 술이

가득 담긴 상자들이 와장창 쏟아지는 순간, 정신을 잃었다고 했다. 비가 내리고 있었고 해가 막 지는 중이어서 보기 힘들었을 거라고 직원을 두둔하는 말로 마무리했다.

　의식을 차려 보니 병원이었고, 의사는 오빠가 뇌진탕에 갈비뼈가 여러 개 금이 갔으며, 척추를 심하게 다쳐 하반신을 쓰지 못하게 될 거라고 말했다고 했다. 그래도 도저히 믿을 수가 없어 병원을 다섯 군데나 옮겨 다니며 가능한 방법을 알아보았지만 모두 헛수고였다며 길게 한숨을 쉬었다. 그리고 담담한 표정으로 천천히 말을 덧붙였다.

　"결국 너를 포기하니까, 너를 만날 용기가 생기더라. 그래서 너한테 연락 못 하고 있었어. 이해해 줘라."

　무슨 소리를 듣고 있는지 모를 정도로 멍했다. 이야기를 들으며 온몸이 뻣뻣해지는 느낌이 들었다. 그는 더 차갑고 냉랭해진 표정으로 말을 이었다.

"부탁이다, 지혜야. 날 떠나 줘라. 난 비참하게 너
랑 살고 싶지도 않고, 나 때문에 네가 힘들어지는 모
습도 못 볼 거야. 그럼 나 정말 죽고 싶을 거야."

기가 막혔다. 슬슬 화가 나기 시작했다. 현실감이
없었지만, 애써 마음을 가라앉히고 조심스럽게 말을
꺼냈다.

"그래도 뭔가 방법이 있지 않을까? 너무 극단적으
로만…."

오빠가 내 말을 자르며 참았던 울분을 토해 내듯
소리쳤다.

"야, 강지혜! 네가 내 똥오줌 받으면서 사는 걸 내
가 어떻게 봐! 내가, 그러는 날 어떻게 용서하겠냐고.

만약 네가 다쳤으면, 넌 그러고 싶어? 그럴 거야? 내가 아끼는 사람 비참하게 만드는 거, 넌 할 수 있겠냐고! 착한 척하지 말고 가라. 널 포기하니까. 사실, 보는 것도 부담스럽다고. 모든 게, 짜증 나고 화가 난다고! 못 알아들어?"

처음으로 오빠가 소리 지르는 모습이 무척 낯설었다. 병원에 오면서 수십 가지 생각이 떠올랐지만 이건 정말 아니었다. 제자리에 서서 부들부들 떨다가 숨이 막힐 것 같아 병실에서 뛰쳐나오며 소리쳤다.

"그래, 오기준! 너 참 잘났다. 잘나서 네 맘대로지? 그치?" 하며 문을 쾅 닫고 나왔다. 복도 끝에 서 계시던 오빠의 어머니가 기다리셨다는 듯 황급히 다가오셔서 내 팔을 잡고 말씀하셨다.

"잠깐, 잠깐만, 나랑도 이야기 좀 해요. 불편하겠지만…."

기준 어머니와 난 병원 앞 정원, 조금은 한적한 벤치에 앉아 이야기를 나누었다. 바람이 서늘하고 비라도 오려는지 공기가 아주 눅눅했다.

기준 오빠가 처음 내 이야기를 꺼냈을 때, 어머님은 트랜스젠더와 만나는 걸 쉽게 이해하지 못하셨다고 하셨다. 하필이면, 트랜스젠더를 만나냐고, 세상에 여자가 얼마나 많은데, 제정신이냐고 화를 냈다고 하셨다. 하지만 시간이 지날수록, 차라리 오빠를 이해해 보려 했다고, 그제야 나와 있었던 이야기들을 하나하나 들어 가며 마음이 움직이기 시작했다고 하셨다.

"처음이기든, 우리 기준이가 그리 환하게 웃어 본 거…."

어머니는 그 미소가 떠오르시는 듯 덩달아 잠시 미소 지으시다가 곧 어두운 얼굴로 말을 이어 나가셨다. 일찍부터 자신을 보살피고 책임지는 데만 익숙하던 아들, 좋은 것도 싫은 것도 내색하지 않고 늘 어른처럼

만 살아야 했던 아들의 환한 얼굴을 보며, 무턱대고 반대만 하거나 모른 체를 할 수 없었다고 하셨다. 아들이 정말 행복하다면 뭐는 못 하겠냐, 하시며 웃으셨다.

그러고도 많은 이야기를 나누었지만, 멍한 내 마음은 자꾸 도망치고만 싶었다. 그때였다. 기준 어머님이 그동안 부드러웠던 표정을 근엄하게 바꾸시며 단호하게 말씀하셨다.

"내가 봐도 지혜 씨가 떠나 주는 게 맞아. 내 딸이어도 그렇게 말했을 거고, 나라도 결국 그렇게 했을 거야. 상황을 받아들이면 좋겠어요. 기준이도 어렵게 마음의 결정을 했고, 그걸 바꿀 가능성은 없을 테니까. 다시 찾아오면 내가 만나지 못하게 할 거예요. 난 그럴 수 있어. 난 기준이를 위한다면 못 할 게 없는 사람이니까."

어쩌면 상황이 더 분명하게 이해된 나는 절망스러웠다. 아무런 준비도 없었고, 너무 황당한 상황 속에

흔한 만남, 흔하지 않은 이별

서, 할 수 있는 것이 오직 빨리 포기해야만 한다는 게 믿기지 않았다. 길거리에 버려진 것만 같았다. 기준 오빠가 불쌍하기보다 미웠고, 나 자신이 슬프다기보다 비참했다. 하지만 한편으로 내가 과연 기준 오빠의 용변을 받아 내며 살 수 있을까, 다정하게 늘 미소 지으며 함께 살아갈 수 있을지 의문이 들기도 했다. 덜컥 겁이 났고, 그만큼의 용기가 불쑥 생기지도 않았다. 그래도, 돈이 많으니까, 간병인을 고용하면 다 잘 되지 않을까도 생각했지만, 그것조차 현실과는 동떨어진 느낌이었다. 내가 어떻게 결정하든지 고집 센 오기준은 결국 자신이 원하는 대로 할 테니까.

잎사귀가 다 떨어져 가는 나무들 사이로 휑한 바람이 불었다. 어머님은 힘든 이야기를 나름 잘 마무리했다고 만족하신 표정으로, 다 말하고 나니 차라리 후련하시다는 듯, 돌아서서 병원으로 들어가셨다. 하지만 나는 넋이 나간 사람처럼 병원에서 빠져나왔다. 거리를 걷고 있는 건지 둥실 떠올라서 밀려가고 있는지도 느낄 수 없었다.

나는 병원을 나와 방향 없이 걷다가 선희 언니에게 전화를 걸었다. 민주 언니가 다정하고 든든하다면 선희 언니는 늘 냉철하고 예리했다. 잠긴 목소리로 꼭 보고 싶은 일이 있다고 얘기하자, 무조건 바로 보자고 했다. 언니가 일하는 이태원 가게는 영업하기 전이였다. 언니에게 오늘 있었던 일들을 모두 이야기했다. 이야기가 끝나자 차분하게 귀 기울여 들어 주던 언니는, 날 꼭 안아 주며 말했다.

"많이, 힘들지, 지혜야? 하지만, 그래도 네가 떠나 주는 게 맞는 것 같다."

역시, 차분하고 냉철한 언니답게 담백하고 확실하게 말해 주었다.

예전에 선희 언니에게 사랑이 뭐냐고 물어본 적이 있다. 언니는 새삼 그런 걸 물어보냐며, 자기가 사랑이라고 생각하면 사랑인 거라고 말했다. 금세 헤어진 사람도, 오래 만났다 이별한 사람도. 안 좋게 헤어졌더라도 자기에게 사랑이었다면 그게 사랑이라고. 선희 언니는 울상인 내게 차분하게 한마디 더했다.

"나는 알아. 네가 죽도록 슬퍼해도 죽지 않을 걸 알아. 그리고 나는 알아. 언젠가는 그 슬픔이 행복을 만드는 재료가 될 거라는 걸. 그러니까 마음껏 슬퍼해, 알겠지?"

따듯하게 전해 오는 그 마음에 기대어 잠시 쉬었다. 따듯한 커피를 마시고, 위스키를 한 잔 마시고, 부드러운 음악을 들으며 나는 혼자 한참을 흐느꼈다. 하지만, 다음 날에도 그다음 날에도 머리는 계속 뒤죽박죽이었다. 무엇이 사랑이고 무엇이 사랑이 아닌지 혼란스러웠다. 기준 오빠와 나 사이도 어쩌면 그저 서로 호감을 느낀 것일 수도, 이제 막 사랑을 시작하던 것일 수도 있다. 하지만 그 만남이 짧았을지라도 이별은 참 아팠다. 가슴이 찢어지는 고통과 온몸이 쓰라린 통증은 계속 이어졌다. 그렇다고 오빠를 다시 만나 볼 자신도 없었다. 결국 며칠 후에 난 오빠에게 "원하는 대로 해 줄게. 잊어 줄게, 오빠."라고 문자를 보냈다.

문자를 보내고도 헤어짐은 정말 어려웠다. 일도 나가지 않았다. 모든 게 다 의미 없었다. 잊어 주겠다고 문자 보낸 것마저 잘난 체를 한 것만 같았다. 미친 척하고 오빠가 있는 병원으로 달려가 볼까, 하는 생각이 문득문득 차올랐지만, 다 부질없는 짓인 게 뻔했다. 그렇게 석 달 넘게 매일 공원을 산책하며 그냥 맥없이 살아 있는 시간을 보냈다. 어이없는 이별의 여운은 길고도 진했다.

적막하고 막막한 나날을 보내다가 미나와 덕만이가 억지를 부려서 모처럼 함께 식사했다. 미나는 만날 때마다 새로 바뀐 남자 이야기를 하곤 했는데, 이제 남자 문제는 졸업했는지 별다른 이야기가 없었다. 덕만이는 미나가 드디어 철이 든 거라며 껄껄 웃었다. 나는 여전히 기분이 우울했지만, 오래간만에 함께한 자리를 망치고 싶진 않아 맥없이 따라 웃었다. 그러다가 그런 내 표정을 보며 덕만이가 조심스럽게 말했다.

"지혜야, 너 이제 좀 벗어날 때도 되지 않았냐? 이별에서…."

미나도 짜증 내듯 말을 덧붙였다.

"그래! 이제 잊어라, 좀. 그런 구질구질한 상황에서 관계를 유지해 봤자, 그 사람도 더 비참해지고 너한테도 안 좋을 거라고. 이젠 깨끗하게 보내 줘라, 제발 좀. 네가 마음속에서 그 사람을 붙잡고 있으면, 결국 그 사람한테도 안 좋은 기운이 뻗친다고. 알아? 너도 살아야지. 이게 사는 거야? 정신 좀 차려."

미나는 항상 거침없고 생각 없는 듯 말하지만, 결코 경솔한 적이 없다는 생각이 들었다. 이런저런 무난한 이야기와 함께 저녁 식사를 마치고 커피를 마셨다. 따듯한 커피가 목구멍으로 넘어가는 것을 느끼며 신기하다는 생각이 들었다. 한동안 그것마저 느끼지 못하고 살았다는 생각이 들었으니까. 시간이 지나며 조

금 상처가 아문 것인지. 지쳐 쉬다가 정신을 좀 차리
는 건지. 머리가 좀 맑아진 느낌이 문득 들었다. '그
래, 내가 이렇게 힘들어하는 건 그 사람에게도, 나에
게도 좋은 일은 분명 아니겠지. 이토록 소중한 친구들
이 나에게 있는데. 그래, 어떻게든 기운을 차려 보자.'
라고, 마음속으로 다짐했다.

　미나는 커피를 후후 불며 마시고 있었다. 미나의
거침없고 당찬 얼굴을 바라보다가, 초등학교 시절 미
나를 처음 만난 때가 선명하게 떠올랐다.

　......

　공부를 잘했던 내게 초등학교 생활은 생각보다 순
탄했고 어느덧 4학년이 되었다. 얌전하고 이해력이 빨
랐던 난 반에서 최상위권이었다. 그래서 학교생활은
지루했지만 힘들진 않았다. 누구도 공부 잘하는 나를

괴롭히지 않았지만 대신 나는 늘 외톨이였다. 사실 남자아이들과 어울리는 건 관심도 없었고 재미도 없을 것 같았다. 늘 잘난 척하고 센 척하는 남자아이들이 이상하게만 보였다. 그렇다고 여자아이들과 어울리기도 쉬운 일이 아니어서, 나는 늘 책에 머리를 박고 공부하는 척만 했다. 그러다가 미나를 알게 된 거다.

그날은 학교가 끝나고 집으로 가려는데 운동장 모퉁이에서 여자아이들이 오디오를 틀고 걸 그룹 댄스를 연습하고 있었다. 자세히 보니 미나와 다른 여자아이들 두 명이었다. 미나는 항상 학급 전체 1등 자리를 독점해 온 공붓벌레로만 알았다. 나도 공부를 잘했으니까 우리는 서로 이름 정도는 알고 인사 정도는 했지만, 특별히 대화하거나 한 적은 없었다. 그런 미나가 친구들과 여자 아이돌 그룹의 안무를 흉내 내고 있던 거였다. 나는 나도 모르게 그 근처 화단으로 가서 앉아 아무 책이나 꺼내 펼쳤다.

책을 읽는 척하며 되도록 몰래 훔쳐보려고 했는데,

티가 나도 너무 났나 보다. 미나가 고개를 획 돌리며 말했다.

"지한아! 너도 같이 할래?"

순간 나는 당황스럽기도 하고 부끄럽기도 해 우물 쭈물하고 있었다. 사실 그녀들이 추던 춤은 내가 매일 할머니 앞에서 가장 자신 있게 뽐내는 춤이었다.

"나…? 정말? 같이 하자고…?"

미나가 성큼 다가와 웃으며 말했다.

"그래, 와서 같이 하자. 춤추는 건데 뭐 어때?"

나는 잠시 망설이다가 미나가 생각을 바꿀까 봐 얼른 같이 하겠다고 말했다.

가슴이 콩닥거렸다. 올챙이가 뱃속에서 꿈틀거리는 이상한 느낌도 들었다. 뭐지. 두려움인가, 설렘인가? 암튼, 뭔가 흥분되고 신나는 느낌이었을 거다. 나는 세 여자아이와 호흡을 맞춰 그때 제일 유행하던 걸 그룹 댄스를 췄다. 아이들은 깔깔거리며 같이 춤추더니 곧 숨을 죽여 내가 춤추는 것을 지켜보기 시작했다.

자리는 어느덧 나만의 독무대로 변해 있었다. 그날부터 미나와 난 둘도 없는 단짝이 되었다. 그동안 학교 아이들은 내가 여자아이 같다는 걸 다 알고 있었고, 게다가 성격까지 소심한 탓에 먼저 다가오는 친구도 없었다. 하지만 미나는 늘 싱그러운 눈빛에 시원스러운 말투로 내게 다가와 말을 걸었다. 마치 오래전부터 알고 지낸 것처럼.

우리 둘은 학교가 끝나면 수시로 같이 안무를 맞춰 보며 웃고 떠들곤 했다. 그러다가 분식집에 가서 맛있는 것들을 먹으며 재잘재잘 떠드는 것이 즐거움이었다. 다른 두 명의 친구도 거의 항상 같이 다녔지만, 미나와 나 사이는 뭔가 조금 다른 게 있었다. 미나는 내가 말할 때마다 까르르 웃으며 재미있어했고 무슨 이야기든 잘 통하는 느낌이었다. 우리는 누가 봐도 절친이 되어 있었고, 나는 외톨이가 된 느낌에서 날마다 벗어나고 있었다. 그런 미나가 고마웠다. 매일 나는 "미나야, 미나야!" 노래를 부르다시피 그녀를 찾았고, 미나는 내가 말할 때마다, 별말 아닌데도 즐겁다며 깔깔거렸다. 나는 누가 내 이름을 부르는 걸 어색해했는데, 그걸 이해한 미나는 언제부턴가 그냥 "친구야!"라며 나를 불렀다. 그런 사소한 것까지도 배려해 주는 그녀는 내게 정말 소중했다.

5학년 때는 미나와 같은 반이 되었다. 우린 함께 너무 좋아했다. 단조로웠던 내 학교생활에도 싱그러운 빛이 찾아온 것 같았다. 미나는 학급 반장이고 누구와도 잘 어울렸는데, 항상 미나 친구들과 내가 함께 모일 때가 제일 즐겁고 재미있었다.

미나네 집은 우리 집에서 자전거로 10분도 채 안

걸렸다. 우리는 서로의 집을 오가며 숙제도 같이 하고, 가끔 다른 친구들도 불러 시끌벅적하게 댄스 연습을 즐겼다.

나는 미나의 치마를 빌려 입고 여자아이들과 춤추는 게 너무 즐거웠다. 미나와 나는 둘 다 공부도 잘했기에 양쪽 부모님들 모두 우리를 반겨 주셨다. 할머니는 특히 미나를 우리 집에 데려올 때마다 너무 예뻐 죽겠다며 좋아하셨다. 미나 엄마는 성형외과 상담 실장으로 일하고 계셨고, 무척 미인이신 데다 돈도 꽤 많이 버시는 것 같았다.

미나 아버지는 조용한 성격에 작은 마트를 운영하셨다. 미나에게는 2학년짜리 여동생이 있었는데, 내가 갈 때마다 같이 놀아 달라고 졸라서 가끔 함께 놀아 주기도 했다. 그러다가 어느 날 오후, 미나와 내가 밥상을 놓고 마주 보며 함께 숙제하고 있는데 침대에 누워 있던 미나 동생이 갑자기 다가와 턱을 팔에 고이며 나를 물끄러미 쳐다봤다. 잠시 그렇게 쳐다보다가 불쑥 말했다.

"이쁘네. 참. 이뻐."

머쓱한 나는 뭐라 할지 모른 채 있었고, 미나는 "뭐래, 야. 꺼져!"라며 동생을 밀쳐 냈다.

그날 이후 왠지 모르게 미나 동생이 한 말이 귓전을 맴돌았다. 집에 와서 밥을 먹을 때나 양치할 때도…. 며칠 뒤에 미나네 집에서 숙제를 마치고 나오는데 미나가 바래다준다고 함께 나섰다. 우리 집으로 가는 길에는 작은 강이 하나 있었고 미나와 나는 그 강둑에 앉아 잠깐씩 수다를 떨다 헤어지곤 했는데 그날은 벌써 해가 지고 있었다. 미나가 잠깐 앉았다 가자며 털썩 앉았다. 우리는 강둑에 마주 앉아 노을이 지는 하늘을 바라봤다. 미나의 미소 띤 얼굴이 천천히 붉어졌다. 물끄러미 나를 바라보던 미나가 며칠 전 미나 동생이 한 말을 거의 그대로 했다.

"정말… 이쁘네…."

미나는 천천히 내 볼을 감싸며 다가오더니, 붉어진 입술로 쪽! 하고 뽀뽀를 했다. 놀랐지만 순간, 입술에서 온몸으로 물감이 번져 오는 듯한 느낌이 들었다. 가슴이 이상야릇하게 두근거렸다. 잠시 멈칫하다가, 이번엔 내가 미나의 어깨를 잡고 천천히 다가가 천천히 입을 맞추었다. 짧은 순간이 멈춘 듯 길게 느껴졌다.

집으로 돌아가는 내내 몽롱한 꿈길을 걷는 듯했다. 하늘엔 벌써 별이 가득했는데 그 별들이 전부 내 가슴 속에서 반짝이고 있었다. 뭣도 모르는 나이였지만 작은 사건 하나가 세상을 송두리째 뒤바꾸는 신기한 경험이었다.

다음 날 우리는 쑥스러움에 아무 일 없는 듯 서로를 대했지만, 결코 잊을 수 없는 경험이었다. 그런 미나와 아직도 절친하다는 게 참으로 고마운 일이었다.

......

　하루하루가 쌓이면서, 기준 오빠에 관한 생각도 조금씩 정리되어 갔다. 무엇이 최선인지 하루에도 열두 번씩 생각이 바뀌곤 했지만, 아직도 가끔은 그의 향기가 문득 너무 그리워서 몸서리칠 때가 있지만, 이젠 정말 마음에서조차 기준 오빠를 보내 주기로 했다. 그게 서로를 위한 것이 맞다고 스스로 위로하며….

　마음속에서조차 그 사람을 놓아주고 나서 며칠이 지나자, 이상하게도 새로운 에너지가 솟아나는 느낌이었다. 마치 우울함의 긴 터널을 지나 밝고 새로워진 세상으로 나온 것처럼. 슬픔인지 체념인지, 외로움인지 모를 느낌도 완전히 사라지지 않았지만, 새로운 감정들로 변형되는 느낌이었다. 어쩌면 행복은 기쁨만이 아니라 슬픔, 행복과 괴로움이 합쳐져 지나온 나날들이 이해되며 따라오는 감정일지 모른다. 그래서 다시 한번 기운을 내고 살아갈 수 있는 거겠지. 나는 한참 동안 잠을 자다가 깨어난 사람처럼 새로운 빛으로 차오르는 것만 같았다. 어느새 다시 가게에도 나갈 수 있을 만큼 자신감도 회복했다.

오랜만에 가게에 나가자, 언니들이 환히 웃으며 반겼다. 이태원의 선희 언니와 민주 언니에게도 전화를 걸어 안부를 물었는데, 내가 다시 가게에 나간다고 하니 그녀들도 너무 잘됐다며 기뻐했다. 언니들과 한참 얘기하고 나니 '아, 사는 게 이런 거구나.'라는 생각이 들었다. 한동안 눈 뜨고 죽어 있는 것처럼 괴로웠다가 이젠 자유로움이 밀려오며 새로운 에너지로 가득했다. 전보다 몸도 더 가볍고 유연해졌다. 콧노래가 저절로 나오며 무대 위를 자유롭게 날아다녔다. 한동안 물 없는 곳에 축 늘어진 물고기로 살았다면, 지금은 수면을 펄쩍 뛰어오르는 돌고래가 된 기분이었다. 내 무대 복귀 소식에 미나와 덕만이도 와서 즐겁고 기분 좋게 한잔하며 응원하고 갔다. 이태원 언니들도 가게가 쉬는 날 식구들을 전부 데려와 회포를 풀었다. 단골손님들도 모두 반겨 주며 두둑한 팁을 챙겨 주었다. 비로소 내 세상으로 돌아온 느낌이었다.

'그래, 내가 계속 살아갈 이유가 어디엔가 있을 거야. 분명히.' 텅 비어 있던 것만 같던 내 삶이 우정과 기쁨, 감동과 행복으로 흘러넘치고 있었다.

어느 날 미나가 출근 전에 같이 저녁을 먹자고 했다. 먼저 식당에 가 기다리는데 미나가 헐레벌떡 뛰어 들어오더니 핸드백을 내려놓자마자 말했다.

"지혜야, 나 원하던 회사에 스카우트됐어! 팀장으로!"

평소 무척이나 가고 싶어 하던 IT 기업에 팀장으로 가게 되었다는 것이었다. 오랫동안 가고 싶어 했던 회사였는데, 드디어 꿈이 이루어졌다며 펄쩍펄쩍 뛰었다. 우리는 손을 마주 잡고 좋아했다. 즐겁게 식사하다가 미나는 조심스럽게 한 가지 제안을 했다.

"있잖아…. 우리 회사가 네 가게에서 멀지 않잖아. 차로 한 5분? 그러니까 우리 이사해서 같이 살자! 서로 의지도 되고, 무섭지도 않고. 또 내가 음식은 좀 잘하잖아. 넌 밥하고 설거지하고, 빨래하고 청소하고, 그러면 되겠다. 응?"

"얘! 그냥 내가 다 하라는 것처럼 들리는데, 너무한 거 아냐?"

"호호호, 아무튼 그건 농담이고, 혼자 사는 거 너무 지겹잖아. 우울하기도 하고. 같이 잘 살아 보자. 나 연봉도 왕창 올랐이!"

미나는 너무 기발한 생각을 했다는 듯 신이 나 있었다.

며칠 후 우리는 함께 살 집을 알아보았다. 마침 마음에 쏙 드는 오피스텔을 하나 찾았다. 방 두 개에 화장실도 두 개. 꽤 넓은 거실과 주방이 따로 있었고,

통유리로 된 거실에서는 야경까지 볼 수 있었다. 우리는 바로 계약을 마치고 주말에 바로 새집으로 이사했다. 필요한 가전제품과 가구, 침구, 소품도 새로 장만했다. 둘 다 형편이 좋아져 여유롭게 맘에 드는 것들을 살 수 있었다.

각자 일이 바빠 짐을 모두 정리하는 데 일주일이 넘게 걸렸다. 정리하고 보니 정말 세련되고 아늑한 우리 둘만의 아지트가 생겼다. 미나가 소파에 길게 누우며 말했다.

"아, 우리 집 좋다! 집에만 있고 싶어. 아무 데도 안 가고. 너무 좋다, 정말."

"그러게 말이야. 근데 난 일하는 것도 좋아. 계속 돈 벌어야 폼 나게 쓰지."

"당연하지. 돈은 벌어야지, 암!"

미나는 IT 업계의 특권처럼 출퇴근이 자유로웠다. 회의가 있거나 업체와의 미팅이 있는 때가 아니면 집에서 틈틈이 일하기도 했다. 보통 함께 점심을 먹고 출근했다.

미나 회사와 내가 일하는 가게는 걸어서도 다닐 수 있는 거리여서, 저녁 식사는 주로 함께 외식하고 야근하거나 가게에 와서 한잔하고 먼저 들어가 쉬기도 했다. 덕만이도 이전보다 자주 함께할 수 있었다. 아버지 회사 후계자 수업도 열심히 받으면서 어엿한 실장님이 되어 있었다.

우리 셋은 고등학교 이후부터 각자의 생일 때마다 모여 같이 식사했지만, 덕만이는 생일보다 우리 셋이 처음 친구가 된 날을 더 소중히 기념했다. 매년 그날이 될 때마다 우리 둘을 최고급 식당으로 데려가 저녁을 사 주고 근사한 선물도 꼭꼭 챙겨 주었다.

한번은 우리가 덕만이에게 그날을 왜 그렇게 챙기냐고 물어보았다. 덕만이는 조용히 고개를 숙이며, 만약 그날 우리를 만나지 않았으면 자신은 형을 따라갔을지도 모른다고 했다. 그만큼 우울했었다고. 형 얘기를 할 때마다 덕만이는 쓸쓸하고 슬퍼했다.

승진한 덕만이는 이날 미나와 나를 최고급 백화점에 데려가서 명품 가방에 목걸이까지 사 줬다. 큰 덩치에 부티까지 팍팍 내고 다니니, 누가 봐도 군침을 흘릴 만한 남자가 되어 가고 있었다.

학창 시절 내내 원수 같았던 덕만이가 이렇게 든든한 친구가 될지 누가 알았을까!

그럼에도 좋았던 시절

✦

초등학교 5학년 가을, 미나와 나, 우리 네 명은 나름 피나는 연습을 하고 학교 장기 자랑에 참여했는데, 결과는 상상 이상이었다. 최우수상이 아닌 우수상을 받기는 했지만, 우리 인기는 누가 봐도 최고였다. 네명의 압도적인 칼군무에 아이들과 선생님들 모두 입을 다물지 못했고, 여학생들 앞에서 똑같이 치마를 입고 춤추는 내 모습에 모두 뒤집힐 듯 재밌어했다.

　나는 그때 날아갈 듯한 해방감을 느꼈다. 나는 선생님들과 학생들이 모두 보는 앞에서 자연스러운 여학생이 되어 있었으니까. 친구들은 모두 나를 여자 같은 남자아이로 자연스럽게 생각했다.

　하지만 모두가 나를 곱게 보지만은 않았다.

　덕만이는 부잣집 아이였다. 과묵한 편이고 덩치고 꽤 컸다. 공부는 중간쯤 했지만 어려서부터 유도를 해서 그랬는지 아니면 부자여서 그랬는지 리더십도 있었고 늘 친구들이 잘 따랐다. 그렇게 나름, 인기도 있고 아쉬울 게 없는 아이가 장기 자랑 이후부터, 나만 유독 못마땅해했다. 장기 자랑 이후에 덕만이는 꼭 우리 집 둘째 오빠가 나를 바라보는 그 한심하다는 표정으로 마주칠 때마다 못마땅해하며 가끔은 들릴 듯 말 듯한 소리로 "미친 새끼!" 또는, "에이, 재수 없어!"라고 했다. 어느새 나는 그런 상황이 몹시 불편해졌고 누구한테도 이야기하지 않았지만 나는 덕만이와 스치기도 싫어서 멀리서라도 보이면 다른 방향으로 발길을 틀었다.

6학년이 되면서 그런 덕만이와 나의 절친 미나가 같은 반이 되었고, 나는 바로 옆 반이 되었다. 쉬는 시간마다 미나는 우리 반으로 자주 놀러 왔지만 나는 덕만이가 무척 거슬려서 단 한 번도 미나의 교실에 가지 않았다. 여전히 복도에서라도 덕만을 마주치면 친구들과 빠르게 지나가 버리며 그렇게 1년 가까이 조심조심 지내며 6학년이 끝나 갈 무렵이었다. 나는 당번이 끝나고 좀 늦게 교실을 나서서 혼자 운동장을 향해 나가고 있었다. 근데 덕만이가 친구 두 명과 함께 기다렸다는 듯 내 앞을 막아섰다. 순간 앞이 캄캄했다. 덕만이가 굵은 음성으로 말했다.

"야! 도대체 넌 뭐냐? 남자 새끼가 재수 없게!"

그때, 덕만이 패거리 중 한 명이 내 뒤로 다가와서, 내 운동복 바지를 쑥 내리며 말했다.

"어디 좀 보자. 꼬추는 달렸는지!"

순식간에 바지가 발목까지 내려온 채 당황하는 나를 덕만이와 친구들은 킥킥거리며 붙잡았다. 팬티까지 내려가지 않은 게 다행이었지만 그마저도 벗겨질 차례였다. 숨이 멎는 듯 정신이 아찔해졌다. 그때, 허공을 가르며 카랑카랑한 목소리가 들려왔다.

"야!!! 너희들 미쳤어? 이 미친 새끼들아!"

미나는 나를 붙잡고 있는 아이들의 팔뚝을 여러 차례 세게 후려치며 나를 낚아채고 다시 말했다.

"너희들 가만 안 둬! 선생님께 다 이를 거야!"

다행히 상황은 더 커지지 않았고 덕만이 패거리는 이를 테면 일러라 하는 식으로 킥킥 웃으면서 멀어졌다. 나는 뒤돌아서 천천히 바지를 치켜올렸다. 미나는 모처럼 분식점에라도 들렀다 가려고 날 기다리고 있었다고 했다. 멍해진 나를 걱정스러운 눈으로 바라보는 미나를, 나는 차마 마주 볼 수 없었다. 너무 치욕스러웠다. 한편, 미나가 제때 나타나지 않았다면 무슨 꼴을 당했을까 생각하니 끔찍했다. 나는 좋은 경험뿐만 아니라 나쁜 경험으로도 세상이 온통 낯설게 느껴질 수 있다는 것을 새롭게 알았다.

아무 말 없이 우리 집까지 데려다준, 속 깊은 미나에게 나는 기어들어 가는 목소리로 말했다.

"고마워. 근데, 아무한테도 말하지 말아 줘."

그날 밤, 수치심과 분노, 원망으로 잠 못 이루고 뒤척이다 새벽이 돼서야 나는 다짐했다. 다시는 이런 우스운 꼴은 당하지 않기로. 덕만이와 그 패거리를 떠올리며 결코, 가만두지 않겠다는 다짐도 했다. 그들에게는 가벼운 장난이 내게는 씻을 수 없는 상처가 되고 흉터가 되는 걸 어쩌면 그들도 나도 몰랐을 거다. 나는 어떻게 복수를 할지 궁리하기 시작했다. 내 안에서 분노의 에너지가 용암처럼 끓어오르고 있었다.

덕만이 패거리는 그날 이후로 여전히 날 보면 키득키득 웃고 지나갔지만, 상대할 가치도 없다는 듯 더 이상 건드리지는 않았다. 나의 분노가 나날이 자라고 있는 것은 눈치채지 못하고 있었다. '한심하고, 멍청한 자식들!' 나는 마음속으로 마음껏 그들을 비웃었다. 물론, 눈을 마주치지는 않았다.

그 일이 있고 얼마 안 돼서, 우리는 초등학교 생활을 끝내고 방학을 맞이했다. 대도시의 끝자락에 있는 작은 동네에 옹기종기 살고 있기에 우리들은 대부분 초등학교부터 고등학교까지 함께하는 운명이었다. 덕만이 패거리도 계속 마주치며 살아야 하는 거였다. 나는 계속해서 그 녀석들 눈치를 보며 등신처럼 살기는 싫었다. 방학이 되자마자 가족들이 모두 모인 저녁 식사 자리에서 나는 말했다.

"아빠, 나 돈 좀 줘. 태권도 할 거야."

둘째 형이 먹던 밥풀을 튀기며 풉, 하고 웃으며 말했다.

"야! 뭔 태권도? 그냥 발레, 그런 거나 배워. 너랑 딱이네."

하여간, 저 오빠는 언제 철들까. 철이 들기나 할까? 나는 오빠를 쌔려봤다.

엄마도 눈을 동그랗게 뜨며 웬일이냐는 듯 쳐다보셨지만, 내가 사내아이다운 운동을 하는 게 싫지는 않은 눈빛이었다. 큰형은 말없이 밥만 계속 먹었고, 할머니는 궁금한 듯하기도 이해하기도 하는 눈빛으로 가만히 날 보며 웃으셨다. 아빠는 식사를 마치시고는 한번 열심히 해 보라며 돈을 쥐여 주셨다.

하지만 가족 중 아무도 눈치채지 못했을 것이다. 내 안의 불타는 복수심은, 평범하지 못한 나를 향한 것이기도 했다는 걸. 내가 여자아이로 지내고 싶은 갈망이 강할수록 '너는 남자아이다.'라는 대부분의 시선은 내 안에서 부담스럽고, 거추장스럽고, 부숴 버리고 싶은 족쇄로 작용했다는 걸. 그저 나는 남자든 여자든 한쪽으로 평범하게 살고 싶었지만, 그렇게 평범하게 살고 싶은 열망은 평범하지 못한 나에 대한 분노로, 그리고 그 사실을 제대로 건드린 덕만이 패거리에 대한 복수심으로 번져 나가고 있었다.

제일 먼저 난 미용실로 달려가 머리를 남자아이처럼 짧게 깎았다. 반드시 복수하겠다는 내 자신에 대한 선언이었다. 그리고 자전거를 타고 옆 동네에 찾아가 도장이란 도장은 모두 돌아다녔다. 도장들을 찾아다니며 내가 한 질문은 오직 하나였다. "여기 겨루기는 많이 하나요?"

여러 군데를 돌아본 후 제일 분위기 험악하고 살벌하게 겨루기를 하는 곳에 등록했다. 내 목적은 오직 하나였다. 덕만이와 그 패거리를 박살 내는 것. 건강이나 심신 수련 따윈 관심의 대상도 아니었다.

미나는 내가 태권도를 하겠다며 짧게 자른 머리를 보여 주자 '얘가 왜 이래?' 하는 표정으로 쳐다보더니, "그래. 머리 잘라도 예쁘네, 뭐!"라며 미소 지었다. 그리고 잠시 생각하는 듯한 얼굴을 하더니 말을 덧붙였다.

"너 태권도 정말 잘할 것 같아. 춤도 엄청나게 잘 추잖아. 태권노는 춤보다 훨씬 배우기 쉬울걸!"

미나 말이 정말 맞았다. 태권도가 내게는 아이돌 춤에 비해서 훨씬 단순하고 쉬웠다. 새로운 춤을 배운다고 생각하자 재미까지 있었다. 난 운동신경이 탁월했고 무엇보다 몸이 유연하고 빨랐다. 다만, 상대와 겨루는 것이기 때문에 사나운 본능을 깨울 필요가 있었다. 이미 난 덕만이 패거리를 떠올리며 한껏 독이 올라서 그 본능도 누구보다 빠르게 발달하기 시작했다. 정권 찌르기와 발차기를 할 때마다 날 비웃던 덕만의 얼굴이 앞에 보였으니, 나의 주먹과 발차기는 하루가 다르게 강력해질 수밖에. 하루가 다르게 실력이 늘어나는 나를 보며, 도장의 모두가 부러워하며 놀랐다.

딱 한 가지, 기합 소리가 여자애 같다고 늘 사범님께 잔소리를 들었다. 그건 쉽게 고쳐지지 않았다. 도장 수련생들은 내 기합 소리를 흉내 내며 놀리곤 했지만, 기합 소리와 상관없이 나의 태권도 실력은 순식간에 늘었다. 불과 몇 달 뒤부터 날 놀리던 그 아이들은 전부 겨루기 때마다 코피가 나거나 도장 바닥을 뒹굴었다. 난 도장 매트 위를 신나게 미끄러지듯 날아오르듯 누볐다. 가끔은 버거운 상대가 있었지만, 이길 때까지 덤벼드는 날 당해 낼 수는 없었다. 초고속으로 승단을 하면서 검은 띠가 되었을 때쯤, 결국엔 누구도 내 적수가 되지 못했다. 도장에 있는 모든 원생은 어느새 사나운 계집애 같다며 날 '앵그리 암탉'이라고 부르고 있었다.

태권도를 시작하고 나서 알게 됐다. 미움과 분노에
는 엄청난 에너지가 있다는 걸. 내가 남다른 오기와
집요함을 가지고 있다는 걸. 나는 또 알았다. 여전히
난 여자아이 같았지만 내 안에는 상상하지 못한 다양
한 내가 있다는 걸, 아주 잘 알게 되었다.

중학생이 되고 나서도 학교에서는 변함없이 얌전
한 여학생으로 지냈다. 미나와 몇몇 친구들과도 잘 어
울렸고 공부도 초등학교 때만큼 잘하지는 않았지만,
여전히 상위권에 머물렀다. 중학교 2학년에 들어서면
서 우리는 남자 연예인과 가수 이야기를 주로 했다.
나도 여학생들 틈에서 당연히 남자 이야기에 열을 올
리곤 했다. 자꾸 남자 이야기를 해서 그런가, 학교와
도장에서 보던 남학생들이 다르게 보였다. 자꾸 내 시
선은 남학생들의 팔뚝, 허벅지, 엉덩이, 불룩한 아랫
도리 등등에 머물다가 깜짝 놀라곤 했다.

내가 태권도 도장에 가서 운동하는 시간에는 주로

내 또래 남학생뿐이었고 여학생들도 한두 명 있었지만, 더 이상 내 적수는 없었다. 대련 시간이 되면 모두가 앵그리 암탉을 피했다. 슬슬 재미가 없어지기 시작했다. 그때쯤 학교에서 쉬는 시간에 한 남학생이 하는 이야기가 귀에 쏙 들어왔다.

"싸움은 역시 권투지! 권투가 실전에는 최고라더라."

전에도 그런 이야기를 여러 번 들은 적이 있었지만, 그날은 내 귀에 팍 꽂혔다. 나는 학교가 끝나자마자 곧바로 옆 동네로 가서 권투 도장을 여러 군데 알아봤다. 질문은 오직, "스파링은 많이 하나요?"였다.

앵그리 암탉은 이제 권투를 배우기 시작했다.
스파링은 기초를 쌓은 후에야 가능했기에 지구력과 스피드를 키우기 위해 나는 학교가 끝나면 집에 가서 옷을 갈아입자마자 자전거로 20분 거리의 도장을 비가 오나 눈이 오나 뛰어서 다니기 시작했다.

몇 개월 동안의 기초 훈련을 마치고 드디어 첫 스파링을 했다. 관장님은 군기를 잡으려고 했는지 일부러 경험 많은 아이와 스파링을 시켰다. 태권도가 주로 발차기 위주였다면 권투는 오직 펀치로 대결해야 했다. 종이 울리자마자 난 신나게 얻어터지기 시작했다. 태권도의 주먹과는 속도와 각도가 다르게 느껴졌다. 하지만 한동안 얻어맞고 나니 화가 치밀어서 달려오는 상대에게 순식간에 발차기가 나갔다. 내 의지와 상관없이 본능처럼 뻗어 나간 내 발차기는 강력했다. 보호구를 하고 있던 상대의 턱에 내 발뒤꿈치가 꽂혔다. 상대는 악 소리도 못 내고 대자로 뻗었다. 관장님이 화들짝 놀라며 고래고래 소리치셨다. 사실, 내가 제일 놀랐다.

"야! 야! 너 킥복싱 하냐! 돌았어?"

난 관장님한테 엄청나게 혼이 나고, 그렇게 첫 실

수로 한 달 넘게 스파링 금지를 당했다. 한 번만 더 그러면 쫓겨날 각오를 하라는 엄포까지 들었다. 기절했던 상대에게도 용서를 받을 때까지 미안하다고 쫓아다니면서 빌어야 했다.

시간이 조금 흐르면서 관장님은 조용하고 끈기 있고 재능 있는 나를 좋아하시기 시작했다. 특별한 관심과 애정으로 아낌없이 가르쳐 주셨다. 체격이 좀 가느다란 편인 나는 덜 맞고 정확히 때리는 것이 필요했다. 빠른 발과 정확한 펀치를 위해서는 역시 훈련만이 답이었다. 줄넘기를 매일 천 번씩 하고, 덕만이 얼굴을 떠올리며 도장을 향해 뛰어갈 때도 집으로 돌아올 때도 섀도복싱을 했다. 틈틈이 태권도의 발차기 연습도 잊지 않았다. 앵그리 암탉은 역시 권투에서도 탁월한 운동신경과 근성을 발산했다. 스파링을 할수록 내펀치는 날카로워지고 있었다. 난 더 이상 맞는 게 두렵지 않았다. 그런데 운동을 할수록 두려움이 사라질수록 오히려 분노도 가라앉고 차분해지는 것을 느꼈다. 문득, 시작은 덕만이 때문이었는데 나는 어쩌면,

나 자신의 정체성에 더 많이 분노하고 있다는 생각이
들었다.

'그냥 좀 평범하게 살면 좋잖아….'

내가 평범했다면 덕만이도 날 괴롭힐 이유가 없었
을 거다. 나는 도대체 뭘까. 혹시 미친 게 아닐까? 왜
다른 아이들처럼 내가 남자이거나 여자라는 확신을
가지고 살아갈 수 없을까?

"넌 여자니, 남자니?"
"꼬추는 달려 있는 거야?"

문구점 아저씨도, 분식점 아줌마도, 그 밖에 어딜
가나 처음엔 다 이상한 아이로 바라보곤 했다. 그런
것들이 알게 모르게 나의 불편함이 되고 분노가 되어
왔다는 생각이 들었다. 나를 이상하게 바라보는 세상
이 미웠다. 그 세상을 향해 발차기를 하고, 주먹을 뻗

는 건 아닐까.

나는 여전히 틈나는 대로 엄마의 화장품을 애용하고 있었고, 최근엔 브래지어와 원피스까지 입어 보곤 했다. 짧은 머리는 스카프로 커버한 채로. 그리고 미나네 집에서는 방문을 잠근 채 친구들과 여전히 치마를 입고 걸 그룹 댄스도 추곤 하며 친구들의 봉긋해지는 가슴과 굴곡이 생기는 몸매를 보며 부러워했다. 그런데 권투 도장에 가면 그런 걸 알 리 없는 관장님께서는 나보고 권투 선수가 되라고 재촉하곤 하셨다. 부담스러울 수밖에 없었다.

"엄마가, 공부하래요. 더 이상 운동하지 말고." 그렇게 거짓말을 하고, 난 권투를 그만두었다.

중학교 3학년이 되면서 아이들은 학교 짱을 가리는 데 관심을 가졌다. 여학생들은 주로 예쁘고 공부 잘하면 짱이었다. 누구도 건드릴 수 없었고 함부로 대하지 않았고 심지어는 소위 싸움을 잘하는 여학생도 그런

아이들한테 잘 보이려고 했으니까. 남학생들은 달랐다. 일대일로 맞붙으면서 누가 더 강한지 부딪히며 확실하게 우열을 가렸다.

누군가 대결을 신청하면 학교가 끝난 후 각자 증인을 한 명씩 데리고 학교 근처 폐공장에서 만나 나름 정당하게 한판 붙고, 코피가 나거나 항복을 하거나 한 명이 심하게 다칠 것 같으면 증인으로 같이 온 아이가 패배를 인정하며 말리는 식이었다. 그걸 우리는 왕좌의 게임이라고 불렀다.

나는 여학생 짱 또는 남학생 짱 둘 다에 관심이 있기도 했고, 둘 다에 관심이 없기도 했다. 나는 남자도 여자도 아니었으니까. 그냥 조용하게 하루하루기 지나갔으면 하는 바람뿐이었다. 물론, 운동을 게을리하지는 않았다. 집 근처 강가까지 뛰어갔다 오면서 섀도복싱을 하고 집 마당에서 발차기와 주먹으로 샌드백을 두드리곤 했다. 집 마당에는 할머니가 키우는 닭들이 자라고 있는 기다란 닭장이 있었는데, 내가 샌드백을 주먹으로 때리고 발로 차면 놀라서 후드득거리며 난리를 쳤다. 특히, 비가 쏟아지거나 눈이 펑펑 내리면 이상하게 기분이 좋아져서 난 미친 듯이 운동을 했다. 더 이상 도장에 나가지 않았지만 내 발차기와 펀치는 날로 빠르고 강력해져만 갔다.

그러던 어느 날이었다.

미나가 함께 춤추고 어울리던 친구들과 점심시간에 찾아와 이야기했다.

"덕만이 친구 민준이 있잖아. 걔가 요즘 여자애들을 너무 괴롭혀. 짜증 나 죽겠어."

미나가 한마디 시작하자마자 다른 애들이 민준이의 만행을 귀가 아플 정도로 낱낱이 이야기하기 시작했다. 친구들은 그냥 최근 소식을 미주알고주알 알려주는 것이었고, 욕하면서 스트레스 푸는 그런 것이었다. 미나는 내가 앵그리 암탉인 줄 알았지만, 당연히 그런 일에 나서길 바라지는 않았다. 근데, 그 민준이가 바로 초등학교 때 내 바지를 내렸던 바로 그 덕만이 패거리 중 하나였다. 이야기를 듣다가 난 더 이상 참을 수 없었다. 난 책상을 쾅! 치며 벌떡 일어났다.

"민준이, 내가 혼내 줄게!"

곧바로 민준이를 찾아 나섰다. 미나와 친구들이 뒤를 따라왔다. 민준이네 반에 성큼 들어가서 난 친구들과 장난을 치고 있던 녀석에게 천천히 다가가서 차분히 말했다.

"민준이, 너 학교 끝나면, 곧바로 증인 한 명 데리고 공장으로 나와."

민준이는 어이없고 기막히다는 표정으로 답했다.

"뭐래, 이 계집애 같은 새끼가! 뷰웅신 새끼!"

난 뒤돌아서 나오면서 어리둥절한 얼굴을 한 민준이에게 다시 한번 분명히 말했다.

"아무튼, 나와! 나오라고. 안 나오면 가만두지 않을 거야. 알았지?"

수업이 모두 끝나고, 미나와 난 폐공장으로 향했다.
민준이도 요즘 격투기 도장을 다닌다던데…. 누구누구도 이겼다더라 하며, 걱정스러운 얼굴을 한 미나에게 난 여유로운 미소로 안심을 시키며 어느덧 폐공장에 도착했다. 잠시 후 민준이가 친구 한 명과 키득거리고 건들거리며 들어섰다.

민준이는 "야, 계집애! 니가 운동 좀 했다고 깝치나 본데, 얻어맞고 울기, 없기다!" 하며 의기양양했다.
좀 말랐어도 덩치는 나보다 크고 다부진 몸이었지만, 난 걸어 들어오는 민준이의 발걸음만 봐도 나랑 상대가 안 된다는 걸 알았다. 주먹으로 한 대라도 치면 마른 멸치 같은 그 얼굴이 부서질 것만 같았다.

"닥치고, 덤벼 보라고." 나는 표정 없는 얼굴로 응수했다.

민준이는 그런 내 표정에 더 화가 치밀어 오르는 모양이었다. 우리는 곧바로 대결 모드로 자세를 잡았다. 잠시 내 틈을 보는 것 같던 민준이의 오른쪽 주먹이 내 얼굴을 향해 달려들었다. 느렸다. 너무 느렸다. 민준이가 운동을 조금 했다고는 하지만, 내 눈엔 그 주먹이 슬로모션처럼 보였다. 주먹이 내 얼굴에 거의 다 닿으려고 하는 순간, 난 순시간에 민준이의 몸 왼쪽으로 파고들었다. 그리고 주먹으로 턱을 갈겼다. 민준이는 악 소리도 내지 못하고 비틀거리다가 쿵! 하고 쓰러졌다. 충격이 컸을 텐데도 창피했는지 벌떡 일어나더니, 커진 목소리로 욕을 하고 흥분하며 다시 달려들었다.

나는 재빠르게 명치를 향해 발차기를 날렸다. 내 발끝이 정확히 원했던 자리에 꽂혔고, 민준이는 곧바로 얼굴이 하얘지며 털썩 주저앉았다. 나는 성큼 다가가 민준이의 머리통을 손바닥으로 인정사정없이 때리기 시작했다. 한 대, 두 대, 세 대⋯. 계속 때리면서 말했다.

"애들. 좀. 그만. 괴롭히라고! 까불면. 가만. 안. 둔다고! 알겠어?"

그렇게 정신없이 얻어맞던 민준이는 자기도 모르게 기어들어 가는 목소리로, "아, 알겠다고. 안 그런다고. 그만, 그만하라고." 하면서 패배를 인정했다.

미나는 폐공장을 빠져나오며 웃음을 참지 못하고 계속 깔깔거렸다. 미나가 몇 번이나 민준이의 마지막 말을 흉내 내며 웃었다. 신나는 미나의 웃음소리를 들으며 나의 오랜 상처가 함께 치유되는 것 같은 기분도 들었다. 그래도 아직 내 복수 상대는 민준이가 내 바지를 내릴 때 날 붙잡았던 한 녀석이 더 있었고, 막강한 덕만이가 남아 있었다. 모든 분노를 내려놓을 때가 아니었다.

민준이도, 그의 증인도 창피해서 그랬는지 그 누구에게도 그날의 결투를 떠들어 대지 않았다. 나와 미나도 친구들한테는 민준이가 이제는 아이들을 괴롭히지 않기로 약속했다는 말만 하고, 세세한 이야기를 자랑처럼 늘어놓지 않았다. 민준이의 자존심을 생각해서이기도 했지만, 괜히 주목받고 싶지도 않았다. 나보다도 미나가 절대로 짱의 전쟁에 휘말리면 안 된다며 조심했기 때문이다.

......

우리는 모두 고등학생이 되었다. 예상대로 중학교를 함께했던 아이들이 대부분 같은 고등학교에 진학했다. 중3 때 시작된 왕좌의 게임은 계속되고 있었다. 일주일에 한두 번씩 누가 누구를 이겼다거나 누가 박살 났다는 이야기가 들려왔다. 우등생 미나의 엄청난 보살핌으로 나는 짱의 전쟁 따위는 상관없었다. 함께 운동했던 옆 동네 아이들의 다소 과장된 앵그리 암탉의 소문이 한몫했을지도 모르지만, 그것보다는 남학생들이 더 이상 날 남자로 생각하지 않았을 수도 있었다. 결투를 요청하면 전부 박살 낼 수도 있었는데, 누구도 나에게 결투를 요청하지는 않았다.

한편, 덕만이는 그 누구와도 싸우지 않았지만 이미 우리 학교 짱이었고, 감히 덕만이를 상대로 그 누구도 결투를 신청하지 않았다. 선배들까지도 덕만이는 건드리지 않았다. 덕만이는 점점 더 많은 유도 대회에서 금메달을 획득하기도 했고, 덩치만 큰 게 아니라 무척 빨랐다. 덕만이 별명은 중학교 때부터 '잠자는 불곰'이었고, 누구도 잠자는 불곰의 코털을 건드리면 안 되는 거였다. 그런데 나는 그 불곰과의 전쟁을 항상 염두에 두고 온갖 상상을 다 하고 있었다. 불곰이 이렇게 덤벼 오면 나는 이렇게, 저렇게 덤벼 오면 나는 요렇게, 등등 온갖 상상을 해 봐도 기본 체급부터 완전히 다른 내가, 불곰을 이기는 상상은 쉽게 할 수 없었다. 내 상상 속에서, 아무리 불곰을 때려도 결국 내가 맨바닥에 내동댕이쳐지는 장면으로 전개되었는데, 가끔은 불곰의 고환에 발차기로 선빵을 날리고 난 후, 피떡이 되도록 두드려 패 주는 상상을 하기도 했다. 하지만, 상상에서조차도, 다음 날엔 반창고를 덕지덕지 붙인 덕만에게 결국 내동댕이쳐지며 처절하고 치욕스러운 비명을 지르는 장면에서 엔딩을 맺었다.

나는 여전히 운동을 게을리하지 않았다. 습관이 되기도 했지만, 언제 닥칠지 모르는 불곰과의 결투를 위하여 최선의 준비가 필요했다. 아직도 덕만과의 결투는 상상 속에서조차 만만한 게 아니었지만, 앵그리 암

닭 역시 호락호락하지는 않을 테니까. 앵그리 암탉은 빠른 몸과 날카로운 펀치로 거대한 불곰을 쓰러트리는 장면을 끊임없이 그려 가며 마당에 있는 샌드백을 못 살게 굴었다. 가족들은, 특히 엄마는 내가 이제야 남자로서의 자신을 찾아가고 있다고 생각하셨는지 그런 나를 오히려 흐뭇하게 바라보시곤 했다. 사실, 나는 운동할 때 빼고는 바뀐 게 아무것도 없는데 말이다.

　드디어, 그날이 왔다. 날씨가 화창하고 공기가 맑은 어느 점심시간에 덕만의 친구가 찾아와서 덕만이가 수업 끝나고 공장으로 나오라고 했다고 내게 말했다.

　태연한 척했어도 막상 덕만이가 부른다고 하니 몸이 뻣뻣해졌다. 하지만, 어금니를 깨물고 심호흡을 크게 하고 한번 해 보자며, 마음을 다잡았다.

　난 당연히 증인으로 미나와 함께 폐공장을 향해 걸어갔다. 비장한 표정으로 또박또박 걷는 나를 미나는 계속 따라오며 굳이 싸워야 하냐고, 포기해도 상관없지 않냐며, 그냥 집에 가자고 졸랐다. 난 아무 걱정하지 말라며 미나를 안심시켰지만, 정작 나 자신은 긴장 감에 입이 바싹 말랐다. 그래도 피하기는 싫었다. 앵그리 암탉의 오기가 발동하기 시작했다. 덕만이만 물리치면 왕좌의 게임에서 당당히 왕좌를 차지하는 영광까지 덤으로 따라올 참이었다.

덕만은 공장의 마당 한가운데에 떡하니 혼자 서 있었다. 가까이 다가갈수록 거대한 몸집이 실감 났다. 몸이 저절로 흥분되기 시작했다. 심장이 더 크게 뛰고 몸은 긴장하며 예민해졌다. '저게 아무도 없이 혼자 왔네? 승부 따위 상관없이 날 실컷 뭉갤 자신이 있다는 건가? 그래, 덤빌 테면 덤벼 봐라. 난 미친 암탉이다!' 하는 생각을 하며 성큼 앞으로 다가섰는데, 덕만이가 그 커다란 손을 쑥 내밀면서 처음 보는 천진한 얼굴로 미소 지으며 말했다.

"반갑다, 친구야! 미나도 왔네."

미나와 난 이게 뭔가 하는 표정으로 서로를 봤다. 덕만이는 한 번 더 손을 내밀며,

"악수하자, 우리! 초딩 땐, 내가 정말 심했다. 용서해라." 하면서, 쑥스러운 미소를 지었다.

난 상황 파악도 되기 전에 왈칵 눈물이 나올 뻔했다. 어색하기만 한 악수를 하고 난 후에, 우리는 반쯤 허물어진 공장 건물 안에 모여 앉았다. 덕만이가 자초지종을 말하고 싶다고 했으니까.

덕만이는 참 어렵게 말을 꺼냈다. 몇 번이나 말을 꺼내려다 삼키고는 하다가 담담하고 차분하게 말을 시작했다.

우리가 초등학교 5학년 시절, 고등학생이었던 덕만이 큰형은 느닷없이 가족 모두가 모인 자리에서 자신이 게이라며 커밍아웃했다고 한다. 바로 위의 누나는 더럽고 쪽팔린다며 자리를 박차고 일어났고, 아빠는 장남이 정신 나간 소리 한다며 형을 죽도록 두들겨 팼

다고 했다. 원래 우울증과 대인기피증인 엄마는 기절 직전까지 갔고, 그 사건을 계기로 집안 분위기는 막장으로 치달았다는 거다. 날마다 아버지는 형이 그렇게 된 걸 엄마 탓으로 돌리면서 부부 싸움도 끊이지 않았고, 형은 수시로 아빠한테 대들다 얻어맞곤 했다고 이야기했다. 덕만이는 뭣도 모르는 나이였지만 집안을 엉망으로 만든 형이 미워서 늘 덩달아 형을 경멸하고 욕하고 했는데, 날 보면 왠지 형의 모습과 닮은 느낌이 있어서 미워했다는 거다.

"그래도 내가 너한테 한 짓은 창피했고, 정말 미안하디라. 그 일 있고 얼마 뒤부터 사과하고 싶었는데, 그게 참 어렵더라. 용기 내기가 쉽지 않더라. 그러다가 이렇게 시간이 흘렀다. 내가 참 못난 놈이다."

진심 가득한 덕만이의 연이은 사과에 눈물이라도 왈칵 쏟아지려는데, 계속 귀 기울여 듣던 미나가 예리하게 따졌다.

"근데, 왜, 이제 와서, 어떻게 용기가 생긴 건데? 갑자기 왜?"

덕만이는 표정이 굳어지더니 튜브에서 바람 빠지듯 긴 한숨을 내쉬고, 파르르 떨리는 두 눈을 애써 크게 뜬 채 짓눌린 목소리로 말을 꺼냈다.

"형이… 죽었다. 6개월 전에. 강에서 떨어져서 죽었는데… 너희한테 처음 이야기하는 거다."

미나와 난 예상치 못한 대답에 할 말을 잃었고, 덕만이는 말을 이었다.

"내가… 나라도… 형을 이해했으면… 살았을 텐데. 나도… 형을… 미워하기만 했다. 하…. 씨발, 형한테 미안해 죽겠다…. 내가 못되게 굴어도 늘 잘해 줬는데…. 형이 얼마나 힘들었을까…. 하… 아아…."

거대한 바위가 꿈틀거리듯 고개 숙인 덕만이의 어깨가 들썩이기 시작했다. 이내 그 바위는 '으허헝' 하며 울기 시작했다. 불곰이 아니라 사자가 울부짖는 소리 같았다. 나는 울부짖는 바위의 어깨에 손을 얹었다. 그 울림 속에서 덕만이의 후회가 밀물처럼 밀려왔다. 그리고 덕만이가 계속 "형이 얼마나 힘들었을까. 형이 얼마나 힘들었을까." 되풀이하는데, 불현듯이, 나 또한 사람들 시선을 피하고, 나 자신을 회피하고 부정하며, 여러모로 힘들었던 기억들이 울컥 밀려왔다.

군데군데 부서진 폐공장이 나도 모르게 상처받고 망가진 나와 같다는 착각마저 들었다. 나는 덕만이를 따라 어느새 엉엉 울기 시작했다. 미나도 나와 덕만이를 번갈아 보며 이미 꺽꺽 울고 있었다. 무너져 가는 폐공장의 벽들이 모두 따라서 울기 시작했다. 허물어져 가는 벽들 사이로 스치는 바람도, 금방이라도 날아갈 것 같은 지붕도 울고 있었다. 멀리서 들개가 짖는 소리도 울부짖는 비명으로 들렸다.

우리가 왜 울고 있는지 까먹을 정도로, 우리 셋은 한참 동안 서럽게 울었다.

3년이 넘게 꿈꾸던 덕만을 향한 복수는 그렇게 전혀 예상치 못한 반전 결말과 함께, 새로운 우정의 시작이 된 거였다. 나와 미나와 덕만이가 폐공장에서 함께 통곡하고 난 후에, 우리는 모두 슬픔의 느낌 속에서 세 명의 인간이 하나가 되는 신비한 경험을 했다. 그 울음소리와 눈물 속에는 자존심도 창피함도 없었고, 형언할 수 없는 동질감 외에는 정말 아무것도 없었다. 우리는 그 순간 너 나 구분 없이 그냥 진한 슬픔이었고, 공감이었고, 하나 된 영혼이었다. 그런 유대감은 가장 큰 비밀을 공유한 동족처럼 서로를 끈끈하게 했고, 설명할 수 없는 기이한 경험으로 남았다.

그날 이후로, 내게 덕만이는 달라 보였다. 어쩌면 같은 사람인데도 그토록 달라 보일 수 있는 걸까. 덕만이는 내게 참 나쁜 놈의 본보기였는데, 알면 알수록 덩치와 상관없이 귀엽고 친근하고 푸근하고 믿음직했다.

누구도 함부로 그날 폐공장에서 무슨 일이 있었는지 묻는 아이는 없었지만, 우리가 남다른 우정을 갖게 되었다는 건 금방 알아차렸다. 우리는 함께 있거나 떨어져 있어도 하나인 느낌이었고 그래서 정말 든든했다. 틈만 나면 붙어 다니는 우리의 우정은 시간이 흐를수록 질기고 단단해져 갔다.

나중에 어른이 되고 나서야 알게 된 사실은, 친구들 사이에 덕만이가 게이고 사실 내가 애인이라는 소문도 있었다고 했고, 미니까지 셋이서 쓰리썸을 하고 다닌다는 소문도 있었다고 했다. 못 하는 말이 없었던 고등학교 시절에 충분히 나올 만한 루머였다는 생각이다. 아무튼, 다른 친구들은 고등학생 시절 내내 우리의 우정을 그만큼 부러워했지만, 아무도 그 사이에 끼어들지는 못했다.

덕만이네 집이 부자인 건 누구나 알고 있었지만, 덕만이의 집에 놀러 가 본 친구는 한 명도 없었고 늘 비밀에 싸여 있었다. 덕만이 생일에 패밀리 레스토랑을 통째로 빌려 놀았다는 이야기는 여러 번 들었어도 집에 가 봤다는 친구는 없었다. 덕만이는 엄마의 우울증과 대인기피증 때문이라고 했다.

나와 미나가 그런 집에 처음으로 발을 들였다. 덕만이네 집은 정말 컸다. 정원은 잘 가꾸어져 있었고 처음 보는 식물과 꽃들로 가득했다. 정원 한가운데 커다란 연못이 있었는데 물고기가 살고 있었다. 덕만이는 죽은 형하고 가끔 그곳에서 낚시도 했었다고 말하며 아련한 추억에 잠겼다. 집 안에 들어서니 각종 그림과 예술품들이 가득했고 높은 천장과 고급스러운 장식들이 영화에서나 나올 듯한 집이라는 생각이 들었다.

하지만 덕만이 형은 그 집을 영원히 떠났다. 엄마

는 심한 우울증으로 이제는 요양원에 계신다고 했다. 아빠는 늘 술에 취해 늦게 들어오시고 누나는 자기만의 세계에 갇혀 살고 있다고 했다. 도우미 세 명, 정원사 한 명, 기사가 둘인 이 집에 사는 덕만이가 문득 외롭고 불쌍해 보였다. 나중에 몇 번 덕만이 누나를 마주쳤는데, 휴대폰을 보거나 음악을 듣느라 우리를 전부 투명 인간 취급하거나, "왔니?" 한마디 정도가 다였다.

덕만이 집 지하에는 열 명 정도가 편안히 함께할 수 있는 영화관이 있었고, 우리는 그곳에서 시험이 끝나거나 하면 긴식을 먹으며 영화를 보곤 했다. 한번은 유명한 공상과학 영화를 봤는데, 옷을 갈아입듯이 여러 휴머노이드 로봇으로 갈아입을 수 있는 미래 세상에 관한 이야기였다. 원하면 어떤 사람이든 되어 느끼고 살 수 있는 세상이었다. 그리고 그것이 너무나 자연스럽고 당연한 세상이었다. 한참 영화를 보던 미나가 덕만이를 바라보며 질문했다.

"덕만이 넌 어떤 모습이든 될 수 있다면, 어떤 모습이 되고 싶어?"

덕만이는 길게 생각하지도 않았고, 마치 늘 생각해 봤다는 듯이 싱겁게 대답했다.

"난, 아주 조그맣고 귀엽고 예쁜 여자로 살아 보고 싶다."

덕만이의 덩치완 딴판인 엉뚱한 대답에 미나와 난 웃음을 터뜨렸고 덕만이는 우리들 반응을 예상 못 했다는 표정이 됐다.

"왜? 난 그런 생각 여러 번 했었다. 뭐, 그게 내 이상형이기도 하니까." 하고 덕만이가 어리둥절한 얼굴로 말했다.

"애, 덕만아, 그게 너 이상형이라는 거지? 맞지?

그러니까 사귀지 못할 바에는 네가 그냥 그 이상형으로 살아 보겠다는 거네."

미나가 낄낄거리며 배를 잡고 말했다. 그러는 미나는 어떻게 살고 싶냐고 내가 물었다.

"난, 돈 많이 벌어서 내 분신을 많이 만들 거야. 그래서 매일 갈아입어야지~ 어떤 날은 완전 국제급 쭉쭉 빵빵 미인으로 살다가, 어떤 날은 근육질 훈남으로 살면서 여자도 꼬셔 보고, 외국인도 되어 보고, 가끔은 어린아이 모습으로 돌아가서 개구쟁이처럼 살 거야. 아, 뭐는 못 해보겠어, 안 그래?"

나는 고개를 끄덕이면서 나도 그렇게 하고 싶다고 소심하고 조심스럽게 말했다.

어떤 모습이든 될 수 있는 사회에서, 개인은 어떤 의미를 갖게 될까? '나'라고 하는 주체가 모습도 목소리도 더 이상 아닐 때, 우리는 고유 번호나 바코드 같은 것으로 정체성을 대체하게 될지도 모른다. 그렇다면 그 번호나 바코드나 기호 따위의 개별성은 도대체 무슨 의미가 있을까? 날마다 내가 다양한 모습을 갖게 될 때, 과연 나는 누구일까? 나는 그 모두인 동시에 그중 어느 하나라고 할 수도 없을 거고, 이미 그런 시대에는 더 이상 남자나 여자, 게이 또는 레즈비언의 구분 따위는 아무런 의미도 없을 것이 분명했다. 거기다가 인류의 모든 정보가 웹에 공유되고, 생각만으로도 언제든 검색하고 꺼내 볼 수 있으며, 내가 원하는 모습을 유전자 프린터로 얼마든지 바꿀 수 있는 그런 시대에는, 전체화된 개체 또는 개체화된 전체는 모습이 다를지라도 동일 인물이나 다름없을 것이다. 한 사람의 모습으로 살든, 천만 사람의 모습으로 살든 무슨 의미가 있을까? 그러면서도 각자의 창의성을 발휘하겠지만, 그 창의성은 과연 누구의 것이라고 할 것인가! 아, 머리 아프다. 공상과학은 늘 현실이 되어 왔지만, 현실이 되기 전까진 그저 공상일 뿐이었다. 그래,

그건 그때 가서 생각할 일이겠지.

　여전히, 나는 여자인지 남자인지 스스로 혼란을 겪는 중이고, 어딜 가든 날 좀 이상하게 바라보는 사람들이 사는 딱 그만큼의 세상에 살고 있으니까. 근데, 그게 좀 억울하고 불편하다는 생각이 들게 한 영화를 본 것뿐이다. 하지만 나는 생각했다. 정보가 고도로 빠르게 전달되고 있는 지금 우리들 세대에 차별 따위는 어느 순간, 순식간에 사라질 것이라고. 그래서 나 같은 사람들도 자연스러운 세상이 금방 올 거라고 마구 상상해 보았다.

　힘든 일도 더러 있었지만, 그럼에도 좋았던 시절이었다. 우리 셋의 우정은 그 시절에, 사계절과 함께 날마다 풍성하게 무르익고 있었다.

날개가 자라는 날들

✦

한동안 별 탈 없는 나날들이 이어졌다. 미나와 나는 여전히 공부를 잘했고, 덕만이까지 함께 어울리며 우리는 소소한 일로 웃고 떠들었다. 여전히 난 내가 여자인지 남자인지 방황하고 있었지만, 이 둘과 함께 있는 시간에는 그런 게 하나도 중요하지 않았다. 무엇을 하든 행복했다. 무엇이 행복인지 구별하지 못할 만큼 날마다 좋았던 나날이었다.

하지만, 자잘한 즐거움으로 행복한 하루하루를 채우며 지내던 어느 날, 아빠가 평소보다 어두운 표정으로 집에 들어오셨다. 늘 환하게 인사하며 집에 오면 엄마가 어디 있는지부터 물어보셨는데, 그날은 기운 없이 처진 어깨에 어둡고 무거운 표정이셨다. 엄마가 무슨 일 있었냐고 물어봐도 별거 아니라며 그저 피곤하다고만 하셨다.

이름 모를 어둠이 함께한 며칠 뒤, 가족들이 모인 식사 자리에서 아빠는 오랫동안 경영하던 회사에 부도가 나서 채권자들이 재산 압류를 신청했다고 말씀하셨다. 엄마는 동그랗게 커진 눈으로 따지듯 아빠를 다그치셨다.

"뭐? 그렇게 잘되던 회사가 왜? 적자도 아니고 부도?"

아빠는 풀이 죽은 모습으로 설명하셨다. 작년부터 아주 유망한 신사업에 투자하려고 월급도 줄이면서 대출금을 늘렸는데, 신사업의 진행이 계속 늦어지면서 회사 내 현금은 줄어들고 대출금만 점점 쌓여 갔다고. 그렇게 빚만 감당할 수 없을 정도로 늘어났다고 하셨다. 회사 명의로 되어 있던 차량은 이미 은행에 넘어갔고, 조금만 더 빚이 쌓이면 집까지 채권자들에게 넘어가기 직전이라고 한숨 쉬시며 말씀하셨다.

"당분간 빚을 갚기 위해 더 열심히 일하고, 어떻게든 씀씀이도 줄여야 할 것 같아. 오랫동안 살아온 집은 다행히 아직 넘어가지 않았어. 다들 조금 더 힘내서 같이 잘 이겨내 보자. 당신한테 정말 미안해."

온 가족의 침묵이 이어졌지만, 아빠가 젊어서부터 얼마나 열정적으로 사업을 가꿔 왔는지 알기에, 아무도 불평하지는 않았다. 엄마가 침묵을 깨며 말씀하셨다.

"그래, 이렇게 된 거 다들 힘내서 이겨 내야지. 나도 친구들 가게에서 일자리라도 알아볼 테니, 너무 낙심하지 말고 기운 내 봐요."

주말 내내 나는 방 안을 뒹굴며 머리를 싸맸다. 어떻게든 집안 사정에 보탬이 되고 싶었지만, 고등학교 3학년인 내가 할 수 있는 건 별로 없었다. 이런 상태로 공부해서 대학을 가도 힘들기만 하고 마음의 짐만 쌓일 게 뻔했다. 고심 끝에 나는 공부를 그만두고 미용학원에 다니며 미용 보조 일을 해 조금씩 돈을 벌기로 했다. 서둘러 유명한 미용학원 몇 군데를 검색해 알아보았다. 그리고 마음을 정리하기 위해 얼른 할머니 방으로 향했다.

방에 들어가 아무 말 없이 할머니 무릎을 베고 누워 할머니가 보시던 드라마를 따라 봤다. 할머니는 매일 봐도 신기하다는 듯 "아이고, 우리 막내! 어느새 또 이렇게 컸네."라며 머리를 쓰다듬으셨다. 한참 동안 아무 말 없이 할머니와 드라마를 보고 나니 저절로 마음의 정리가 되었다. 나는 비장한 자세로 안방에 들어가 엄마, 아빠에게 말했다.

"나 대학 안 갈래. 가기 싫어."

엄마가 먼저 화들짝 놀라며 말했다.

"얘가 뭔 소리야? 네 실력이면 웬만한 좋은 대학 다 가는데, 무슨 말도 안 되는 소리야!"
"엄마 말이 맞다. 막내, 너 그런 말 함부로 하면 안 돼."

아빠도 엄마를 거들며 점잖고 단호한 목소리로 말씀하셨다.

"나 그냥 내가 하고 싶은 거 할래. 미용학원 다닐 거야. 그게 내 꿈이야. 말리지 마. 많이 생각하고 하는 이야기라고."

나는 더 이상 어린아이도 아니고, 내가 원하는 삶을 살고 싶은 거라며 단호하게 우겼다.

당황해하시는 엄마, 아빠에게 나는 정말 오래 생각하고 결정한 일이니 두 분도 생각할 시간을 가지시라며 당당하게 방을 나왔다.

방에 들어와서 베개에 얼굴을 묻고 누웠다. 어릴 때부터 수많은 장면이 스쳐 지나가며 이상하게 눈앞이 뜨거워졌다. 미나와 덕만이는 일 년 뒤면 대학에 진학해 낭만적인 생활을 즐길 것이다. 같은 길을 가고 있던 미나, 덕만이와 갑자기 조금 멀어지지 않을까, 두렵기도 했다. 남들 다 가는 대학을 포기한다는 게 어떤 느낌인지, 아직 전부 감이 오지는 않았다. 하지만 지금, 이 결정이 맞다는 걸 마음속에서 선명하게 느끼면서, 어금니를 꽉 깨물었다.

다음 날 저녁, 할머니께서 잠자리에 드시고 나서 막내인 난 거창하게 가족회의를 소집했다. 큰오빠, 작은오빠까지 모인 자리에서, 나는 나름 논리 정연하게 내가 왜 대학에 가고 싶지 않은지, 얼마나 오래전부터 미용학원에 다니고 싶었는지 설명했다.

"내가 원래 꾸미는 거 좋아했잖아. 내 적성에 딱 맞아. 마음껏 내가 원하던 일도 하고, 내일부터 미용 보조 일 하면서 용돈도 좀 벌어 보면 좋잖아."

가족들 모두 말은 하지 않았지만, 알고 있었다. 내가 뭐라고 설명하든, 사실은 집안 형편을 고민한 속 깊은 결정이었다는 것을. 엄마도 오빠들도 아무 말 못하고 반쯤 동의하듯 고개를 끄덕였지만,

"안 된다, 미용 보조 일은. 한 학기 남은 네 고등학교 시절을 그렇게 보낼 순 없어. 대신, 고등학교 3학년이 끝날 때까지도 집안 형편이 나아지지 않으면, 그때 다시 생각해 보자."

아빠는 짐짓 단호하게 말하며 회의를 마무리하셨다. 그러나 아빠도 알고 계셨을 것이다. 한 학기는 기울어진 집안 형편을 일으키기엔 무척 짧은 시간이라는 걸. 하지만 그렇게라도 시간을 벌어 한 학기 남은 막내의 고등학교 생활을 어떻게든 잘 끝마치게 해 주고 싶으셨을 것이다. 착실히 회사 생활을 하는 큰오빠가 갑자기 승승장구하며 집안을 일으킬 것이란 실낱같은 희망도 품었을 것이다.

역시, 한 학기가 지나고 고3이 끝나 갈 때까지도 집안 형편은 크게 달라지지 않았다. 엄마도 어렵게 자존심을 접고 친구네 식당에서 알바를 시작하셨고, 아버지도 매일 밤낮없이 뛰어다니며 회사를 다시 일으키려 하셨지만, 쌓여 버린 빚덩이의 힘은 생각보다 훨씬 무서웠다. 나는 덕만이와 미나에게 아무 이야기도 하지 않은 채, 서울의 국비 지원이 되는 미용학원에 등록했다.

덕만이와 미나가 대학 원서를 넣고 나서야, 마음
놓고 미나와 덕만이에게 집안 상황을 털어놓으며, 나
도 국비 지원을 받고 미용학원에 다닐 수 있게 되었다
며, 하고 싶던 일 실컷 하게 돼서 차라리 잘됐다고 말
했다. 누구보다 나를 잘 아는 미나와 덕만이를 속일
순 없었겠지만, 속 깊은 두 친구는 모른 척, 하고 싶던
일, 원 없이 해 보라며 내게 힘을 보태 줬다.

십 대가 끝나고 이십 대의 청춘이 시작되려던 때
에, 현실은 뜻하지 않은 방식으로 나를 철들게 하고
성장시키고 있었다.

......

고등학교를 졸업하고 미나와 덕만이가 대학 생활
의 낭만을 즐길 때, 난 눈코 뜰 새 없이 바쁜 나날을

보냈다. 서울 중심가에 있는 미용학원에 다니며, 근처 미용실 보조로 알바까지 했다. 내 생활비를 스스로 해결하고, 집안 형편에 조금이라도 도움이 되고 싶어서였다.

미용실 손님들은 전부 나를 그냥 무척 여성적인 남자로 생각했고, 그다지 이상하게 바라보지는 않았다. 미용 쪽에는 나와 비슷한 느낌의 사람들이 간혹 있었기에 크게 신경 쓰거나 불편해하는 것 같지는 않았다. 나는 주로 샴푸나 머리 감겨 드리는 일을 했는데, 단골손님들은 내가 이야기를 잘 들어 준다고 점점 나를 좋아했다. 그렇게 매일 일과 학원을 반복하며 집에 와서는 녹초가 되어 쓰러졌다.

미나는 S 대 컴퓨터공학과에 진학해 정신없는 나날을 보냈다. 학교 성적도 연애도 늘 탑이었다. 대학교에 가자마자 미나는 엄청난 남성 편력을 자랑했다. 내가 늘 알던 친구가 맞나 싶은 정도였다. 덕만이와 셋이 모여 저녁을 먹을 때마다 애인이 바뀌었다고 수다를 떨었다.

덕만이는 K 대 체육교육학과에 진학해 듬직한 남자가 되어 가고 있었다. 아버지 사업도 조금씩 배워 가며 사업가의 모습도 보이기 시작했다. 물론, 대학교에서도 꾸준히 유도 선수로 활동하며 나가는 대회마다 우승을 휩쓸었다. 한번은 덕만이가 출전한 대회에 구경을 갔는데, 커다란 덩치를 날쌘 발로 움직여 무서운 속도로 상대를 메쳤다. 저런 덕만이와 고등학교 때 싸우려 했다고 생각하니, 온몸이 찌릿했다.

우리 셋은 고교 시절처럼 늘 붙어 다니지는 못했지만, 한 달에 한두 번 주로 내가 쉬는 날에 만나 저녁도 먹고 술도 한잔씩 하며 회포를 풀었다. 늘 비슷한 얘기를 했지만 지루하지 않았다. 특히 매번 바뀌는 미나의 애인 얘기가 압권이었다. 고등학교 때부터 대학 가면 학과의 모든 남학생과 자 보겠다고 큰소리치더니,

정말 볼 때마다 더 성숙하고 매력적인 모습으로 경험
담을 거침없이 늘어놨다.

"애, 지난번에 말했던 그 조교 있잖아. 지난주에 한
번 잤거든…. 근데 하자마자 끝냈어!"

"왜, 또?" 덕만이와 내가 궁금해하며 물었다. 미나
는 손가락을 치켜들며 말했다.

"아니, 똑똑하면 뭐 하냐고. 너무 작아. 게다가 들
어오자마자 싸는 거 있지? 아, 용서 안 돼, 정말! 끝
나자마자 배 아프다고 도망쳐 나왔다." 미나는 스스로
대견한 듯 애기하더니 덕만이를 돌아보며 "덕만이, 넌
요만하지는 않지?"라며 흘겨봤다.

미나의 연애 경험담은 만날 때마다 늘어 가고 화려
해졌다. 어떤 날은 같은 과 동기와 자고 왔는데, 성기
가 너무 커서 아프기만 하고 쾌감은 느끼지 못했다고
했고, 다른 날은 동아리 선배와 잤는데 완전 바람둥이

였다며 혀를 내둘렀다. 또 누구는 너무 착하고 잘생겼는데 잠자리는 완전 매력 빵점에 센스 제로라며 한숨을 쉬었다.

매번 새롭고 황당하기까지 한 얘기들이 어디까지가 사실일까, 가끔은 의심이 들기도 했지만, 미나는 그런 걸 지어낼 만큼 복잡한 성격이 아니었다. 그렇다고 우리에게 과장할 이유도 전혀 없었다. 미나 얘기에 덕만이는 늘 재미있다고 웃었고, 나는 내심 부럽기도 했다.

나도 미용학원 이야기나 미용실 이야기를 별로 하고 싶지 않았지만, 이제야 제대로 커트를 배운다느니, 드라이는 어느 정도 한다느니, 같은 밍밍한 이야기를 하고 화제를 돌렸다. 나만 동떨어진 얘기를 길게 늘어놓고 싶지는 않았다.

실면서 비밀이 없다는 이야기를 하지만, 우리는 서

로 사생활은 최대한 지켜 줘야 한다고 생각했다. 아무리 가까워도 상대가 굳이 얘기하기 싫어하는 것은 캐묻지 않았고, 굳이 하기 싫은 이야기는 속속들이 꺼내 놓지도 않았다. 친구가 비밀을 갖겠다면 갖게 해 주는 것이 맞다 싶었으니까.

미나도 모든 이야기를 하는 것 같지만,

"그런데 그 자식이 어떻게 네 자존심을 건드린 건데?" 하고 물으면,

"아, 뭐, 그런 게 있어~"라고 하기도 하고,

덕만이도 "뭣 때문에 그 선배를 아무도 모르게 그렇게 팼는데?" 하고 물으면,

"아, 그냥, 말하기 좀 뭣한 일이 있었어."라고 대답하기도 했다.

그럴 땐 누구도 더 이상 캐묻지 않았다. 우리는 성장하면서 숨겨야 할 비밀이 생기는 게 당연하고, 지켜 줘야 할 프라이버시가 생기는 게 어쩌면 성숙해지는

거라고 서로 이해했다.

　　……

　나는 거의 1년간 머리 손질과 메이크업, 네일, 속
눈썹 케어 같은 것들을 배우며 미용실 보조 일도 점점
손에 익어 갔다. 머리를 감겨 드리거나 파마 보조 같
은 것들은 곧잘 해내면서 단골손님들의 머리는 직접
다듬고 손질할 수 있는 실력이 되었다. 무엇보다 차분
하게 이야기를 잘 들어 주는 나를 좋아해서, 나름 내
단골손님도 늘어나기 시작했다.

　미용실 보조 월급이 크진 않았지만, 나는 처음 탄
월급으로 할머니께 노란 개량 한복을 선물해 드렸다.
할머니는 날아갈 듯 좋아하시면서 동네가 떠나가도록
자랑하셨다. 두 번째 월급으로는 엄마와 아빠께 붉은

내복을, 세 번째에는 큰오빠와 작은오빠에게 고급 셔츠 한 벌씩을 선물했다. 그 뒤로는 미래를 위해 최대한 절약했다.

일이 제법 익숙해지면서 이젠 출근길에 꽃들과 나무들을 볼 여유도 생긴 어느 날, 전날 내린 비로 축축한 가로수를 바라보는데 채 마르지 않은 빗방울 사이로 환한 햇살이 보석처럼 빛났고, 단발이었던 내 머리칼 사이로도 그 햇살이 미끄러지며 야릇한 설렘마저 느껴지면서, 참 오랜만에 느껴 보는 즐거운 여유로움이라는 생각에 콧노래까지 흥얼거리며 미용실에 들어서는데, 원장님이 나를 반기며 함께 얘기히고 있던 두 손님을 소개해 줬다. 이태원의 트랜스젠더 언니들인데 머리부터 감겨 드리라고 했다.

나는 TV나 인터넷으로만 트랜스젠더에 대해 들어봤을 뿐 실제 트젠 언니들을 만나 본 건 처음이었다. 신기하기도 반갑기도 한데, 이상하게 마음이 편하고 다른 사람보다 더 자연스러웠다. 나는 빨리 외투를 벗고, 앞치마를 두르고, 얼른 수건을 들고, 손님들을 샴푸실로 안내했다. 언니들은 부지런히 움직이는 나를 물끄러미 바라보다가 궁금했는지 웃으며 물었다.

"어머, 얘! 넌 정체가 뭐니? 게이? 바이섹슈얼?"

나는 내가 할 수 있는 가장 솔직한 대답을 했다.

"잘 모르겠어요…. 별 경험이 없어서. 근데 남자는 아닌 것 같아요."

언니들은 내 대답이 웃긴다는 듯 신나게 웃었다. 원장님도 내게서 처음 듣는 그 말에 따라서 웃으셨다.
그녀들과는 처음부터 이상한 유대감이 느껴졌다. 어릴 때부터 나는 내가 유별나다고 생각하고 살아왔는데, 그녀들과 있을 때는 오히려 내가 평범해지는 느낌이었다. 낭연한 듯이 대화하고 이해하는, 지극히 평

127

날개가 자라는 날들

범한 사람들. 집에서 할머니와 대화할 때나 가장 친한 친구인 미나와 덕만이와 있을 때조차도 내가 평범하다고 느끼진 않았다. 그저 나를 조금 더 잘 이해하고 배려해 준다는 느낌이었다. 하지만 언니들과 있을 때는 내 모습 그 자체로도 무척 편안했다.

언니들은 선희 언니와 민주 언니였다. 선희 언니는 이태원의 트랜스젠더 바 사장이었고, 민주 언니는 선희 언니네 가게 마담이었다. 나와 대화가 잘 통하는 게 신기했는지 언니들도 좋아하며 말했다.

"얘! 이제부터 편하게 언니라고 불러라. 그리고 언제 편할 때 이태원의 우리 가게로 놀러 와."

며칠 후 미용실이 쉬는 날, 일찌감치 언니들에게 연락하고 이태원으로 향했다. 이상하게도 우리나라에서 가장 자유롭고 다양한 사람들이 즐겨 찾는다는 곳, 이태원에는 한 번도 가 본 적이 없었다. 지하철에서

내리자, 우리나라가 아닌 것 같은 느낌이 물씬 풍겼
다. 온갖 자유로운 복장으로 돌아다니는 사람들, 세계
각국의 음식점들과 세련된 커피숍, 옷 가게, 화장품
판매점이 어우러지며 북적댔다. 내가 본 어느 지역보
다 자유롭고 편안한 느낌이 들었고, 나는 소풍 온 아
이처럼 들떴다.

선희 언니네 가게는 이태원역에서 5분 거리의 골목
에 있었다. 언니들은 나를 반기며 고급술 한 병을 꺼
내 왔다. 처음 보는 다른 언니들도 함께 와서 시간 가
는 줄 모르고 웃고 떠들었다. 가게 영업시간이 다 되
어서야, 나는 다음번에 또 오겠다며 날짜까지 정해 놓
고 집으로 왔다.

그 후로 나는 미용실 일이 끝나고 뻔질나게 이태원
가게에 들러 언니들과 시간을 보냈다. 가게 영업시간
전에 방문해 청소나 심부름도 조금 도와주고, 언니들
에게 이런저런 궁금한 것들을 다 물어보았다. 선희 언

129
날개가 자라는 날들

니와 민주 언니 중에서는 민주 언니와 대화가 좀 더 잘 통했다. 선희 언니가 예리하고 냉철했다면, 민주 언니는 옆집 언니처럼 푸근하고 다정했다. 어느 날 내가 민주 언니에게 물었다.

"언니, 언니는 왜 트랜스젠더가 됐어요?"

언니는 눈을 동그랗게 뜨더니 오히려 놀라며 말했다.

"어머, 애 좀 봐. 너 여자한테 왜 여자가 됐냐고 물으면 뭐라 할 거 같아? 남자한테 왜 남자가 됐냐고 물으면? 나도 그냥 내가 태어난 그대로 사는 거야, 뭘. 의미 없다, 애."

언니의 대답은 단순했지만 내겐 신선한 충격이었다. 들을수록 맞는 말이면서도 이상하게 가슴 한구석을 공감하게 했다. 가게에 다니며 언니들이 살아온 이야기나 호르몬 치료 이야기, 개명하는 방법 같은 여러 이야기를 들었다. 점점 선희 언니네 가게는 세상에서 제일 편한 내 아지트가 되어 가고 있었다.

나는 그동안 내가 해 온 고민이 언니들이 살아오며 했던 고민과 참 비슷하다는 걸 느꼈다. 이런 고민은 나만 하는 줄 알았는데, 그래서 내 인생은 뭔가 잘못되어 있다고 생각했는데, 나와 똑같은 고민을 거치며 자신이 좋아하는 모습을 선택한 언니들이 있다는 게 새삼 감사했다. 이후 나는 정신과에서 성 정체성 상담을 받고 호르몬 치료를 받기 시작했다. 호르몬 치료를 하며 날마다 미끈하고 부드러워지는 내 피부와 다리, 봉긋 솟아나는 가슴을 보며, 드디어 원하는 모습이 되어 가는 기분 속에서 잔잔한 행복감이 꾸준히 밀려왔다.

내 체형은 원래 가느다란 편이었지만, 가슴이 솟아나고 멍울이 생겨날 무렵부터 가슴에 통증이 생기며 브래지어를 착용하기 시작했다. 미나 엄마가 상담실장으로 계시는 성형외과에 가서 얼굴도 조금씩 여성스럽게 고쳐 갔다. 미나 엄마는 워낙 다양한 사람들을 만나 보셔서 그런지 나를 별로 특이하게 생각하시지 않았다. 또 어릴 적부터 미나네 집에서 나를 자주 봐 오셔서 마냥 반갑게 맞아 주셨다.

병원에 갈 때마다 미나는 나를 따라와 "엄마, 얘 좀 더 여성스럽게 만들어 줘." 하며 앞에 나서서 말했다. 미나네 엄마는 걱정하지 말라고 하시며 늘 특별 서비스에 할인까지 듬뿍 해 주셨다.

머리카락이 점점 길게 자라날수록 화장 솜씨도 늘었다. 아직 치마를 입고 다닐 용기는 없었지만, 누가 보더라도 여자의 모습이었다. 가족들은 예전부터 내가 남자로 살 거라 기대하지 않았기에 어쩌면 당연한 일이라는 듯 무덤덤해지려고 노력했다. 어릴 때 심심하면 나를 쥐어박던 작은오빠만 "그렇게 여자 되고 싶어 하더니…. 이제 막내가 진짜 여자 닮아 가네."라며 시큰둥하게 관심을 보였다.

나는 호르몬 치료를 하며 여자 이름으로 개명했다. 먼저 부모님을 설득하고 정신과 기록, 호르몬 치료 기록, 가족 소견서 같은 서류를 갖추면 어렵지 않게 할 수 있었다. '강지한'이라는 이름에서 '강지혜'라는 여성스러운 이름으로 바꿨다. 이름까지 바꾸고 나니 이제 정말 여자가 되어 간다는 생각이 들었다. 빨리 완전한 여자로 탈바꿈하기 위한 수술도 하고 싶었다. 하지만 미용 보조 월급으로는 너무 멀기만 한 일이었다. 나는 이런저런 부업이라도 해야 하나 고민에 빠졌다.

그러던 어느 날, 선희 언니네 가게에 놀러 갔는데 언니가 솔깃한 제안을 했다.

"얘, 너 여기서 한번 일해 보지 않을래? 내 눈에는 너의 끼가 보여."

생각도 못 해 본 일이었다. 나는 어릴 적부터 춤추고 노래하는 걸 좋아하긴 했지만, 언니 앞에선 한 번도 보여 준 적이 없었다. 게다가 늘 조용하고 얘기를 잘 듣기만 했는데, 그런 내게 끼가 있다고 한 것이었다. 나는 신기하면서도 낯선 도전을 한다는 것이 두려워 대답을 망설이고 있었다. 언니가 내 모습을 보며 이해한다는 듯 웃으며 덧붙였다.

"그래, 너 같은 애가 오히려 더 잘해. 한번 해 봐. 잘 맞을 거야."

그동안 나는 주로 가게 영업 전에 와서 언니들과 수다만 떨다 가곤 했다. 가끔 드레스 룸에서 언니들의 화려한 옷을 입어 보고 화장도 해 봤지만, 낯선 손님들 앞에서 춤추거나 노래하는 건 무서웠다. 나조차 자신 없는 일을 선희 언니는 내가 잘할 수 있다고 한 것이다. 나는 영업시간의 가게 분위기도 보고 싶고, 과연 내가 정말 해낼 수 있을까 궁금하기도 해서, 그날은 조금 늦게 남아 구석에서 지켜보기로 했다.

가게에는 선희 언니와 민주 언니, 세 명의 아가씨와 웨이터 한 명이 일했다. 가게 정면 안쪽에는 폭이 2미터, 너비가 4미터 정도 되는 작은 무대가 있었고 화려한 스포트라이트들이 무대를 향해 있었다. 홀에는 테이블이 6개 정도에 의자는 전부 푹신한 소파였다. 테이블 사이로 칸막이가 있었는데, 높이가 낮아서 모든 테이블에서 무대를 볼 수 있었다. 벽 쪽에는 5명 정도 앉을 수 있는 바가 있었다.

시간이 흐르자, 손님들이 한두 명씩 들어왔다. 대부분 삼사십 대 남자들이었다. 손님이 어느 정도 모이자, 마담인 민주 언니의 소개로 언니들이 하나둘씩 공연을 시작했다. 화려한 조명과 매력적인 언니들의 춤솜씨가 겹쳐 전혀 새로운 장소에 온 것만 같았다. 멋진 언니들의 모습을 바라보며 감탄하다가 슬슬 자신감이 차오르고 있었다. 민주 언니는 재치 있는 말솜씨에 노래 실력이 무척 뛰어났다. 감탄하며 양주를 홀짝거리는 내게 선희 언니가 다시 붙었다.

"어때! 한번 해 볼 수 있겠어?"

"저, 걸 그룹 댄스는 잘 춰요. 어릴 때 할머니와 친구들 앞에서 많이 춰 봤거든요…. 그리고, 트로트도 좀 불러요. 잘은 못하지만."

선희 언니는 빙긋 웃으며 대답하는 나를 바라보았다. 나는 취기도 조금 올랐겠다, 이 기회를 놓치기 싫다는 생각마저 했다.

"저, 언니 말대로 한번 해 볼 수 있을 거 같아요. 오늘 그냥 해 볼게요."

"그래! 그럼, 말 나온 김에 한번 해 보자. 오늘 분위기도 좋고, 노래 한 곡, 춤 한 곡씩 해 봐."

나는 선희 언니를 따라 드레스 룸으로 들어가 평소 눈여겨보던 옷을 입고, 조금 진하게 화장을 고치고, 머리도 예쁘게 빗었다. 낯선 도전에 대한 두려움보다 짜릿한 흥분이 온몸을 감싸 왔다. 내가 모든 준비를 마치고 무대 옆에 서자, 민주 언니가 한껏 들뜬 목소리로 내 소개를 했다.

"오빠들~ 오늘은 우리 어리고 예쁜 지혜를 소개합니다. 처음인데, 다들 귀엽게 봐줄 거죠?"

언니의 말이 끝나기도 전에 선희 언니가 날 무대 위로 살짝 떠밀었다. 내가 부탁한 음악의 전주가 쿵쿵 흘러나오기 시작했다. 내 심장 소리가 음악 소리보다 커졌다. 조명들이 화도 화려해서 객석은 거의 보이지 않았다. 나는 움직였다. 음악이 내 온몸을 타고 흘러나가기 시작했고, 잘게 조각난 조명이 내 세포 하나하나를 신비한 에너지로 채우고 있었다. 내 온몸은 귀신이 들린 듯 음악에 따라 저절로 율동했다. 펄펄 살아 있다는 느낌. 마음껏 숨을 들이켜는 느낌. 그리고 전율. 노래가 끝나고 조명이 가라앉자 그제야 서서히 객석이 보이기 시작했다.

날개가 자라는 날들

손님들은 좋아서 난리가 났다. 함박웃음을 지으며 휘파람을 불고 손뼉 치며 앵콜을 외쳤다. 나는 갑자기 창피해져서 크게 한 번 인사한 뒤 얼른 무대 뒤로 숨었다. 하지만 수많은 박수 소리와 앵콜 소리에 다시 한번 무대 위로 나와 말했다.

"제가요…. 숨도 차고 그렇지만, 이번엔 노래 한 곡 불러 드릴게요."

박수 소리가 더 커졌다. 나는 민주 언니에게 어릴 적 할머니 앞에서 부르던 트로트 한 곡을 부탁했다. 구성시고 치연한 가락을 가진 노래였다. 나는 할머니 얼굴을 떠올리며 살랑살랑 엉덩이를 흔들었다. 슬픈 가락을 부르며 요염한 춤을 춰서 할머니가 볼 때마다 깔깔 웃으시던 노래였다. 객석의 함성이 점점 커졌다. 나는 할머니와 미나를 생각하며 내가 할 수 있는 가장 관능적이고 우아한 몸짓으로 노래를 불렀다. 결과는 대성공이었다. 손님들은 마치 위문 공연을 온 가수에게 환호하는 군인들처럼 손뼉 치고 휘파람을 불었다.

무대를 마치고 내려오니 분위기가 환해져 있었다. 이 테이블, 저 테이블 돌아다니며 인사도 하고 술도 한잔하고 나니 팁이 수북하게 쌓였다. 아직 두근거림이 가시지 않았다. 심장이 계속 뛰면서 뜨거워진 피가 요동치며 팔과 다리로 계속 번지는 느낌이 들었고, 마침내 이 세상에서 내가 편하게 숨 쉴 수 있는 공간을 찾은 기분이었다.

다음 날, 나는 미용실 원장님께 이번 달까지 일하고 그만두겠다고 말씀드렸다. 당분간 쉬며 다른 일을 준비하겠다고. 2년 가까이 손발을 맞춰 온 내가 그만둔다니 원장님은 서운해했지만, 내가 무슨 일이든 잘할 거라며 응원해 주셨다. 나는 다음번 무대는 좀 더 프로답게 준비하기 위해 매일 노래방에서 혼자 노래를 부르거나 외국의 트랜스젠더 춤을 보며 연습했다. 내 안의 열정을 모조리 불태워 버릴 무대를 위해, 오직 나를 위해, 내 맘에 드는 나의 공연을 위해.

······

한 달에 한 번 집에 내려가는 날이었는데, 아침 일찍부터 엄마에게서 문자가 왔다.

"오늘 좀 일찍 와서 할머니 좀 간호해 드려."

무슨 일이지. 할머니가 몸이 안 좋으신가. 아파도 항상 웃으시고 티도 잘 안 내셔서 다들 모르고 지나가는 경우가 대부분이었는데. 걱정되는 마음에 황급히 서둘러 집으로 갔다. 누워 계시던 할머니가 엄마한테 웬 호들갑을 떨었길래 애가 이렇게 놀라냐며 핀잔을 주셨다. 하지만 목소리가 평소보다 기운이 없고 힘에 부쳐 보이셨다. 나는 아무 생각도 하기 싫어서 그

냥 할머니 이부자리 옆에 벌렁 누웠다. 할머니는 나를
보자 조금 기운이 나시는 듯 힘겹게 몸을 일으켜 앉으
셨다.

할머니는 우리가 늘 자주 보던 드라마를 보시다가
예전에도 종종 하셨던 질문을 또다시 하셨다.

"근데, 막내 넌 진짜 여자로 살고 싶은 거야?"

나는 조금 짜증스러운 목소리로 대꾸했다.

"아! 또 물어본다, 참. 그럼 내가 남자야, 할머니?
개명까지 했는데? 내가 남자로 살 수 있을 거 같아?
내가 왜 이렇게 됐는지는 몰라도 난 진짜 남자는 아닌
것 같아. 정말 아니라고."

할머니는 괜히 나를 안쓰러운 표정으로 보시더니,
다시 드라마를 향해 눈을 돌리셨다. 나는 누워서 TV

를 보면서도, 이번에 서울에 올라가면 미용실 일은 어차피 그만두니까 일주일이라도 빨리 마무리하고 내려와서 할머니를 좀 더 많이 보살펴 드려야겠다고 생각했다.

하지만 이틀 후에 할머니는 입원하셨다.

할머니는 서른다섯 살 때 할아버지를 잃고 홀몸이 되셨다. 할아버지는 목수 일을 하셨는데, 어느 날 막걸리 한잔 기분 좋게 걸치고 자전거를 타고 집에 돌아오던 길에 돌부리에 걸려 논두렁 위를 구르셨다고 한다. 구르면서 머리를 부딪히셨는지 마을 사람들이 할아버지를 찾았을 땐 이미 온몸이 굳어 계셨다고 한다. 누구 한 사람 지나가면서 발견하기만 했어도 살 수 있었을 텐데, 사람 인생이란 참 알 수 없는 것이라고 동네 사람들은 혀를 찼다. 할머니는 늘 밝은 모습으로 웃으셨지만, 젊은 나이에 혼자 남아 아들 둘을 키우느라 얼마나 많은 날을 눈물로 지새우셨을지 알 수 없다. 그렇게 힘들게 키운 아들 둘이 버젓한 사업가와

변호사가 되어 잘 살아가는 모습을 볼 때는 얼마나 기쁘셨을까. 늘 웃고 주변 사람들을 행복하게 만드는 할머니는 인복을 끌어당기는 힘이 있으셨다.

그런 할머니가 몸이 아파 입원하셨다. 고생을 많이 하며 살아오셔서 크고 작은 잔병치레는 늘 있으셨지만, 이번엔 느낌이 좀 달랐다. 갑자기 기침을 자주 하시고 몸살 기운이 부쩍 많아지셔서 가족들 모두 감기나 독감이 아닐까 했다. 하지만 일주일 넘게 여러 보약에 몸보신까지 하셨는데도 나아질 기미가 보이지 않자 결국 병원에 입원하셨다. 의사 선생님은 할머니가 심장도 간도 위도 다 안 좋으시다면서, 정밀 검사를 거쳐봐야 하지만 지금 할머니 기운이 너무 없으셔서 검사들마저 진행하기 힘들다고 하셨다. 그제야 할머니 몸이 예전보다 부쩍 가늘어지고 약해졌다는 걸 알았다. 이렇게 자주 할머니와 함께하면서도, 어렸을 때는 매일 할머니와 드라마를 보며 잠들었으면서도, 나조차 할머니가 아픈 걸 못 느끼고 자랐다. 그만큼 할머니는 강인하셨다. 하지만….

　의사 선생님은 지금까지의 소견으로도 할머니 상
태가 매우 위독하며, 임종을 준비해야 할 수도 있다고
침통한 목소리로 말했다. 가족들이 원한다면 정밀 검
사를 진행할 수도 있지만, 지금 상태에서는 오히려 할
머니의 임종을 앞당길 수 있어 위험하다고 했다. 어이
가 없었다. 왜. 도대체 왜. 어릴 때부터 나를 가장 예
뻐하고, 매일같이 드라마 보고 웃으시며 나를 키워 주
신 할머니가. 도대체 왜 지금. 조금씩 안정을 찾으며
가족들 형편에 도움도 주고 있는 이때…. 눈물이 핑
돌았다. 눈물을 흘리면 주저앉아 버릴 것만 같아서,
벤치에 앉아 하늘과 땅만 번갈아 쳐다보다가 무거운
가슴을 안고 병실로 돌아갔다.

　병실에 들어가니 잠시 기력을 차린 할머니가 힘겨
운 미소를 지으며 나를 반기셨다. 의사 선생님께 안
좋은 소식을 들은 듯 "아이고, 우리 막내 왔네. 할머

니는 괜찮다. 이제 곧 네 할아버지 만나러 가야지."라
며 지그시 나를 쳐다보셨다. 나는 다시 핑 도는 눈물
을 참으며 말했다.

"가긴 어딜 가, 할머니. 날 두고…. 아직은 아니야.
안 돼."

"아이고, 우리 막내는 할머니 없어도 다 잘할 거야.
내가 다 알아."

"알긴 뭘 알아! 할머니가 점쟁이도 아니고…."

"알지, 내가. 우리 막내를…."

찔끔찔끔 눈물이 터져 나오는 내 머리를 쓰다듬으
며 할머니가 말씀하셨다.

회진을 오신 의사 선생님이 할머니가 다시 잠드신
것을 확인하고서는, 기력이 거의 다하실 때까지 여기
저기 아픈 데를 정말 많이 참아 오셨다며, 정말 대단
한 분이라고 하셨다.

다음 날, 할머니는 할아버지 손때가 묻은 집으로 돌아가겠다고 완강히 우기셨다. 엄마, 아빠는 며칠 정도라도 더 입원해 계시는 게 낫겠다고 했지만, 할머니 고집을 꺾을 수는 없었다. 결국 우리는 할머니를 모시고 집으로 돌아왔다.

병원에서 강한 진통제를 처방해 줘서 그런지 할머니는 계속 자다 깨기를 반복하셨다. 그러더니 퇴원한 지 딱 일주일째 되던 날 저녁, 무거운 몸을 일으켜 씻으시고는 내가 선물해 드린 노란 개량 한복으로 갈아입고 잠을 청하셨다. 그날 밤 아빠, 엄마의 울음소리가 온 집안을 흔들자 잠이 깬 나는 알았다. '할머니가 내가 준 한복을 입고 떠나셨구나. 너무 예쁜 내 할머니가….'

장례식장에 도착하자 먼저 도착해 준비하고 있던 큰오빠가 내게 상복으로 갈아입으라며 옷을 건네줬다. 검은색 치마저고리였다.

"할머니가… 넌 그거 입으라고 하셨어."

내 단짝이던 할머니…. 아프시면서도 마지막까지 잊지 않고 날 챙기셨구나. 눈물이 가득 맺혀 쏟아지려는 걸 억지로 참았다.

낯선 사람들이 수시로 오가는 장례식장에서 처음으로 치마를 입고 서 있었다. 기분이 묘했다. 친척들도 많이 오갔지만, 장례식을 챙기느라 정신이 없어 내 모습에 신경 쓰는 사람은 별로 없었다. 조문객들이 떠나고 이른 새벽이 되자, 아빠가 모두에게 잠시 조용히 해 보라며 할머니 유언을 발표하겠다고 하셨다. 아빠는 그 자리에서 제일 손윗사람이셨다. 아빠가 숨을 크게 쉬시더니 나를 가리키며 말씀하셨다.

"어머니께서 돌아가시기 전, 장례식장에서 모두에게 이야기하라고 하셨다. 막내, 너 일어나 봐라."

갑작스러운 상황에 나는 어리둥절해하며 일어섰다. 아버지는 잠시 나를 쳐다본 뒤 모두에게 말씀하셨다.

"우리 막내는 오늘부터 여자다. 그게 어머님 뜻이다. 다들 그렇게 알고 따라 주길 바란다."

참 간단했다. 지금까지 내가 여자처럼 살아왔고, 앞으로도 여자로 살아갈 거라고, 온 가족과 친인척들 앞에서 할머니가 대신 커밍아웃을 해 주신 거다. 할머니의 유언이라는 말에 아무도 토를 달거나 반대하지 않았다. 할머니는 마지막까지 나를 위해 이런 선물을 준비하신 기였다.

장례식이 끝나고 엄마는 할머니가 나만 읽으라고 남기셨다며 서류 봉투를 건네주셨다. 가족들은 집에 가자마자 바로 지쳐 쓰러졌다. 나는 할머니 얼굴이 계속 눈에 아른거려 잠들 수가 없었다. 가족들이 잠든 사이 슬쩍 할머니 방에 들어가 환하게 불을 켜고 누웠

다. 할머니가 좋아하시던 노란 베개를 집어 들어 베고
눕자, 눈물이 쏟아져 나왔다. 얼른 눈물을 닦고 할머
니가 남기신 봉투를 뜯었다. 봉투에는 한 자 한 자 정
성스럽게 손 글씨로 쓴 편지가 있었다. 그리고 할머니
가 남기신 통장 하나, 도장 하나가 들어 있었다.

사랑하는 막내야.
살아 보니까
먹고 싶은 것 먹고
하고 싶은 것 할 때 행복하더라.
너 살고 싶은 대로 살아라.
남 눈치 보지 말고. 알겠지?
그리고 통장은, 너 꼭 필요할 때 써라.

유서라기보다 간단한 쪽지에 가까운 내용이었다.
할머니 음성이 생생하게 들리는 것만 같았다. 통장을

열어 보니 6,437,000원이 들어 있었다. 내가 초등학교 다닐 때부터 할머니가 만 원, 이만 원, 삼만 원 차곡차곡 모아 오신 돈이었다. 작은아버지 집에서 아이들을 돌봐 주고 받으신 돈, 명절이나 생신 때 친척들이 드린 돈, 키우던 닭을 팔고 받으신 돈을 그때그때 입금해 놓으신 것이었다. 입원하시기 바로 얼마 전까지도 입금하신 기록이 찍혀 있었다.

할머니는 참 이상해…. 눈물이 고였다. 그 자리에서 베개를 꼭 끌어안고 얼굴을 묻었다. 그동안 꾹 참아 왔던 눈물이 터졌다. 할머니가 그립고, 떠난 게 억울하고, 야속하고, 또 허전했다. 그날 밤, 할머니 향기가 남아 있는 이불을 푹 덮어쓰고 밤새도록 엉엉 울었다.

할머니를 보낸 슬픔은 쉽게 가라앉지 않았다. 며칠 뒤 나는 생각을 돌리기 위해 선희 언니네 가게에 나가 더 열심히 춤 연습에 매진했다. 내 춤사위는 전보다 더 부드럽고 강해졌다. 무대 위를 누비는 게 더 재밌어졌다. 나는 노래는 조금 부족했지만 춤만큼은 최고가 되기로 했다. 내가 선택한 무대, 내가 선택한 삶. 이곳에서 멋진 여자로 살아가기로. 하늘에서 응원하고 계실 할머니를 위해서라도 얼른 내 꿈을 펼치고 돈도 많이 벌어서 완전한 여자로 살아가고 싶었다.

......

몇 주 뒤에 장례식에 잠깐 다녀갔던 덕만이와 미나를 만나 함께 저녁 식사를 했다. 둘은 그사이 내가 부쩍 여성스러워진 것 같다며 놀라워했다. 미나는 나를 위아래로 훑어보며 자기보다 더 몸매가 좋은 것 같다며 부러워하기도 했다. 나는 장례식장에서 있었던 일들, 할머니의 유언과 통장을 남기신 일 등을 이야기했다. 덕만이 눈에 눈물이 고이고 미나도 훌쩍거리기 시작했다.

"너희 할머니, 정말 대단하신 분이야···. 나도 정말 좋아했는데."

미나는 아쉬운 목소리로 말했고 덕만이는 할머니가 주신 돈은 어떻게 쓸 거냐고 물었다. 나는 아껴 뒀다가 수술 비용에 보태겠다고 했다.

나는 분위기를 바꿔 보려고 가게 이야기로 화제를 돌렸다. 선희 언니와 민주 언니가 얼마나 잘해 주는지, 손님들이 내 춤을 얼마나 좋아하는지 이야기했다. 미나가 말했다.

"어머, 얘! 내가 니 초등학교 때 춤출 때부터 알아봤어. 거봐, 네가 그쪽으로 소질이 있다 그랬지? 연예인 삘이잖아, 너."

덕만이가 갑자기 기대에 가득한 표정으로 말했다.

"우리 지혜네 가게에 한번 가 보자. 공연하는 것도

보고 응원도 좀 하고!"

미나가 덕만이를 진정시키며 지혜가 부를 때 가자고 했다. 나도 아직 춤 연습을 좀 더 해야 했기에, 나중에 실력이 무르익으면 부르겠다고 하고 헤어졌다.

할머니를 떠올리며 나는 더 열심히 춤을 연습했다. 외국의 트랜스젠더들이 추는 춤을 영상으로 보며 내게 맞는 방법으로 연구했다. 내 춤 실력은 누구보다 빨리 늘었고, 얼마 지나지 않아 가게의 다른 언니들보다 훨씬 많은 인기를 누리기 시작했다.

공연할 때는 등 뒤에서 작은 날개가 돋아나는 느낌이었다. 화려한 조명 때문에 객석조차 시야에서 사라질 때면 무대 위에 나 혼자만 있는 느낌이 들기도 했지만, 그 속에서 난 모든 것이 되었고, 무엇이든 할 수 있었다. 그러다가 반짝이는 조명과 무대가 다시 눈에 들어올 때면 날개를 펴고 훨훨 날아오르는 기분

날개가 자라는 날들

마저 들었다.

가게에서 인기가 커지며 나를 보러 오는 손님들도 많아졌다. 언니들은 나를 특히 아껴 주었고, 술을 잘 못하는 나를 대신해 흑장미까지 자청하며 내가 힘들지 않게 챙겨 줬다. 가끔 새벽에 가게를 마감할 때쯤, 술에 취해 비틀거리는 언니들을 보며 고맙고 미안하고 안타까운 마음이 밀려오기도 했다.

팁이 들어오면 사장인 선희 언니를 제외하고 모두 일정하게 나누어 가졌다. 그때마다 언니는 내 역할이 제일 컸다며 내게 좀 더 많은 팁을 쥐어 주곤 했다. 다른 언니들도 모두 내 덕에 손님이 늘고 있다며 흔쾌히 받아들였다. 나를 인정해 주는 곳에서, 좋은 사람들과 함께하고 있다는 것은 참 좋은 느낌이었다. 가끔 출퇴근길에 하늘을 보며, 할머니가 분명 위에서 도와주고 있는 거라는 확신이 들기도 했다.

나는 수입이 늘면서 가끔 가게 언니들이나 동생들에게 푸짐하게 고기를 사 주기도 했고, 집에 갈 때는 가족 모두에게 용돈이라며 돈 봉투를 한 개씩 돌렸는데, 항상 작은오빠가 제일 좋아하고 신나 했다.

"야! 내가 너 어려서 화장할 때부터 잘될 거 알았다. 너는 그게 어울리더라고."

"그으래? 근데, 왜 그렇게 꿀밤을 때렸는데, 응?"

"네가, 그 꿀밤을 맞고 대성한 거야. 고마운 줄 알아야지."

어이가 없어서 그냥, 가족 모두 함께 웃었다.

작은오빠와 내가 티격태격할 때마다 가족들은 재밌다며 웃었다. 가족들은 처음부터 내가 술집에서 일하는 것을 알았다. 큰오빠는 내가 일을 시작한 지 얼마 안 됐을 때 가게에 와 술도 한잔하고 공연도 보고 갔다. 그러고는 가족들에게 지혜가 좋은 곳에서 일한다며, 사람들도 좋고 모두 잘해 준다고 안심시켰다.

"사장님이 지혜를 정말 아끼더라고요. 지혜도 일을 좋아하고 잘하는 것 같고. 그냥 연예인이라고 생각하시면 돼요. 걱정 마세요."

나중에 큰오빠는 내게만 따로 "나쁜 유혹에만 빠지지 마라."라고 당부했었다.

그렇게 선희 언니네 가게에서 일한 지도 어느덧 2년 반이 넘었다. 덕만이와 미나도 그사이 여러 번 가게에 와서 즐겁게 지내고 갔다. 미나는 이태원의 분위기가 자기에게 딱 맞다며, 어디서도 느낄 수 없는 자유로움이 좋다고 했다. 덕만이는 우리 가게가 세상 편하다고 오가다 들르고, 여유로울 때마다 들르곤 했다. 푸근하고 돈 잘 쓰는 덕만이는 가게 식구들에게 인기 최고였다.

시간이 지나면서 내 위로 언니들 두 명이 나가고 아래로 동생 두 명이 들어왔다. 가게는 늘 북적였고 내 인기도 계속 커지고 있었는데 그때쯤, 선희 언니와 친하다는 다른 가게 사장 언니가 우리 가게에 자주 놀러 왔다. 어느 날 그 사장 언니가 공연을 막 마친 나를 보더니 선희 언니와 함께 자신이 운영하는 가게로 놀러 오라며 초대했다.

가게는 규모나 분위기가 상상 이상이었다. 커다란 무대와 수십 개의 화려한 조명, 특수 효과에 최고급 음향 기기…. 공연만 전문으로 하는 아가씨들도 여럿 있었다. 고급스러운 소파와 함께 테이블에 가득 찬 큰 홀에는 네 개의 룸도 딸려 있었다. 도우미 언니들도 많이 일하고 있었다.

"얘! 너 여기서 공연해 보고 싶지 않니?" 선희 언니가 내게 말했다. 나는 선뜻 대답하지 못하고 선희 언니를 쳐다보았다. 선희 언니가 미소 지으며 말을 계속했다.

"그래, 하고 싶으면 해도 돼. 내가 널 좁은 바닥에만 가두는 건 좀 아닌 것 같다, 얘."

나는 조금 생각해 보겠다고 했다. 가게는 확실히 규모도 크고 내게 여러모로 기회가 될 것 같았지만, 선희 언니와 민주 언니 없이 낯선 곳에서 새로 시작하는 게 두려웠다. 그리고 내가 갑자기 빠지면 선희 언니네 가게에 지장이 있을까도 염려스러웠다. 가게로 돌아오는 내내 차에서 생각에 빠져 있는데, 선희 언니가 내 마음을 읽고 있던 것처럼 말했다.

"네 뜻대로 해도 돼, 지혜야. 네 인생이잖아. 너만 생각해야지. 그리고 무서운 건, 처음엔 다 그래. 아마 네가 저 가게에서 일하면 수입도 많이 늘고, 너한테도 좋은 기회가 될 거야. 우리야 뭐, 또 새로운 막내 뽑아서 키우면 되지. 그리고 네가 저곳으로 가면, 나한테도 그동안 너 키워 준 대가로 충분한 보상을 해 준댔으니까…. 내 걱정 말고, 그냥 하고 싶은 대로 해!"

다음 날 나는 덕만이와 미나를 불러 이야기를 나눴다. 미나는 막 대기업의 IT 부서에서 신입사원으로 일할 때였고, 덕만이는 병역을 마치고 아버지 회사에서 경영 수업을 시작하고 있었다.

미나가 이야기를 듣고 잠시 고민하더니 바로 "무조건 해야지, 뭘! 생각할 게 뭐 있어. 선희 언니 말대로 네 생각만 하라고. 언니들이야 뭐, 우리가 가끔 가서 지켜 주면 되고."라고 흥분하며 말했다. 덕만이도 공감하며 고개를 끄덕였다.

미나가 장난기 가득한 웃음을 띠며 더 말했다.

"그래, 얘! 이도 저도 싫으면 덕만이한테 성전환 수술 시켜 달라 하고 적당한 남자 만나서 시집을 가든가. 아니면 덕만이한테 시집가도 되지, 뭘!"
"얘! 너 못 하는 소리가 없어, 정말! 덕만이한테 신세 지려면 벌써 졌지, 내가."

"그래, 결론 났네! 너 수술시켜 줄게. 바로 나한테 시집와라. 나 돈 많다!"

덕만이까지 신나게 웃으며 농담을 보태고 있었다. 휴….

진지한 얘기는 물 건너간 것 같아서, 남은 시간 역시 즐겁고 편안한 농담을 주고받으며 웃고 떠들었다. 하지만 그날은 시시콜콜한 얘기만 했는데도, 머릿속이 깔끔하게 정리되는 것만 같았다.

다음 날 가게에 일찍 출근해 선희 언니와 내 결심을 이야기했는데 언니는 오히려 내 손을 잡고 환하게 웃으며 좋아했다. 이번 주까지만 일하고 나머지는 좀 쉬면서 이런저런 준비도 하라고 이야기했다. 새로 일하는 가게에 자주 놀러 갈 거라는 약속까지 해 주었다.

그렇게 나는 새로운 가게의 대형 무대에서 일을 시작했던 거였고, 기준 오빠를 만났던 거였고, 헤어졌다.

그랬던 거였다. 좋기도 했고 나쁘기도 했지만, 좋았다고도 나빴다고도 할 수 없는, 나의 시간, 나의 기억들…. 어차피 지금은 모두 과거의 추억이 되어 버린.

생각해 보면, 날개가 자라나는 날들은 모두 쓰라리고 쑤시고 아팠다. 하지만 그래야 날개가 자라고 하늘을 날 수 있다면, 그 통증마저 소중한 거겠지. 나는 피해 오지 않았고, 피하지 않을 거다. 한 번쯤 훨훨 날아오를 수만 있다면, 거센 비바람과 눈보라도 헤쳐 나갈 것이고, 쓰라린 상처쯤은 후후 불고 다독거리며 앞으로 나아갈 것이다. 여태껏 그랬듯이….

그 남자의 향기

✦

미나와 동거를 시작한 지 한 달쯤 지난 일요일이
었다.

덕만이가 전화해서는 불쑥 브런치를 함께하자며
집으로 오겠다고 했다. 자기가 다 사 올 테니 아무것
도 준비하지 말라고 했다. 돌발 행동을 하는 성격이
아닌 덕만이가 안 하던 짓을 해서 이상하다고 생각했

다. 덕만이는 브런치라고 하기에는 좀 거하다 싶은 음식을 사 와서 식탁에 잔뜩 늘어놓았다. 나와 미나는 마냥 맛있게 먹으며 덕만이가 일요일마다 음식을 사 오면 좋겠다고 떠들었다. 함께 즐겁게 식사하던 덕만이가 말했다.

"오늘 우리 형 기일인데, 같이 납골당에 갈래? 바람도 쐴 겸?"

우리는 뭐 바쁜 일도 없고 좋다고 따라나섰다. 서울 근교에 있는 납골당은 그리 멀지 않았다. 덕만이는 묵묵히 운전에 열중했고, 나와 미나는 창밖의 풍경을 바라보며 모처럼 후련한 기분이라며 이런저런 수다를 떨었다. 그러다 보니 어느새 도착했다.

덕만이는 우리를 데리고 형의 납골함이 있는 곳으로 안내했다. 그리고 형의 사진 앞에 서서 마치 살아 있는 형을 대하듯 이야기했다.

"형, 잘 있었지? 오랜만이다, 그치? 내 친구 지혜와 미나도 데려왔어. 형 보여 주려고. 뭐라고? 둘 다 예쁘다고? 당연하지! 내 절친들인데…. 요즘, 자주 못 와서 미안해. 아버지 등쌀에 좀 바빴어. 알잖아, 그 성격. 어디 가겠어? 뭐라고? 지혜? 맞아. 응, 맞아. 지혜야, 형이 너 보고 예쁘대. 트젠 같지 않대. 그러게, 맞아. 미나도 착하지. 성격은 좀 까칠하지만 착해. 응, 알겠어. 그렇게 전해 줄게. 잘 있어. 조만간 또 올게. 야, 너희들 나한테 계속 잘하래, 우리 형이. 하하하."

덕만이는 형을 만나서 반가운지, 우리를 놀려 먹어서 재밌는지, 즐겁고 호탕하게 웃었다. 나와 미나는 그냥 고개를 숙이고 묵념하고 나왔다. 다시 집으로 돌아오는 길에 운전하던 덕만이가 말을 꺼냈다.

"나, 사실 고백할 거 있다. 너희들한테."
"뭔데? 네가 비밀이 다 있어? 우리한테?"

미나가 신기하다는 듯 물었는데, 덕만이는 운전하
며 마치 다른 사람 이야기를 하듯 담담하게 말을 이
었다.

"왜, 전에, 지혜 가게에서 싸움 났을 때 있지? 그
때, 내가 지혜와 유리 앞을 막아서서 싸움을 멈췄잖
아. 근데, 유리가 고맙다고 밥을 사겠다고 하더라고.
그래서 함께 저녁 식사를 했지. 그런데, 고맙잖아. 걔
가 애써서 번 돈으로 밥을 사니까. 그래서 얼마 뒤에
내가 또 샀어. 그랬더니 자기가 점심을 또 산대, 자주
가는 맛집이 있다면서…. 그래서 또 만나서 먹었어.
그러다가 시도 때도 없이 만나서 식사한 게 벌써 두
달이 다 돼 가네…. 하, 참. 내가 그럴 줄 알았겠냐고.
근데 볼수록 귀여운 거야, 유리가. 마음씨도 곱고. 나
유리 좋아하나 봐. 어떡하지?"

"아니, 좋으면 좋은 거지. 뭐가 걱정인데? 트랜스
젠더라 그래? 강아지도 예쁘면 안아 주고 싶고 뽀뽀
하고 싶고 그렇잖아. 근데 암컷 수컷이 중요해?"

"유리가 강아지는 아니잖아…."

"어휴, 미치겠다. 그래서 뭐. 좋은 게 문제라는 거야? 그럼, 싫어해 그냥. 근데, 그게 마음대로 되겠냐고!"

가만히 듣고만 있던 내가 말을 보탰다.

"미나야, 그게 그렇게 간단한 문제 같지는 않다, 얘. 덕만이 입장에서는 가까워질수록 두려운 게 당연할 거야. 이런 상황을 미리 상상해 본 적도 없을 테고, 아버지도 무척 엄격하시고, 형도 비슷한 일로 어려움을 겪었는데, 왜 고민이 안 되겠어? 안 그래?"

"그러고 보니, 그렇네. 근데, 그럼 어쩌라고…?"

덕만이가 고민이 많았겠다고 생각했다. 마음이 안타까웠다. 좋은 사람 그냥 좋아하는 세상이면 얼마나 좋을까. 그걸 누구도 이상하게 생각하지 않는 세상이면 얼마나 좋을까. 덕만이가 무슨 결정을 하든지 행복하기만을 바라는 나는 침묵했다. 대신, 조금만 더 시간을 가지고 생각해 보라고, 그러면 자연스럽게 좋은 결정을 내릴 수 있을 거라는 말만 하고 헤어졌다. 우리를 내려 주고 떠나는 덕만이의 뒷모습이 비에 젖은 듯 울적해 보였다.

......

미나와 나는 각자 자기 일을 하기 바빴다. 시도 때도 없이 회사에 나갔다가 들어오는 미나와 밤이 되면 출근해서 새벽에 들어오는 난, 서로 겹치는 시간이 많다고는 하기 힘들었지만 늘 함께 있는 기분이었다. 같은 집에 살면서, 늘 서로의 흔적을 가득 남기고 살아가고 있으니까. 그러다 보니 자연스럽게 외로움과 쓸쓸함, 그리고 기준 오빠 생각도 많이 잦아들었다. 그러던 어느 날이었다. 미나가 회사에 나가고 혼자 오후에 천천히 일어나 샤워하고 음악을 막 틀었을 때, 벨이 울려 나가 보니 등기 우편이 왔다.

거실 소파에 앉아 천천히 우편물을 뜯어 보았다. A4 용지에 깔끔하게 써 내려간 손 편지였다.

지혜가 이 편지를 받는다면 나는 이 세상에 없을 거야.

차라리 잘된 일일 거야.

너 때문에 정말 행복했고,

잘 살아 보고 싶다는 욕심이 생겼단 거, 꼭 기억해라.

그만큼 넌 소중한 사람이란 거.

덕만이를 통해서 너의 소식 계속 듣고 있었어.

긴말 안 할게. 행복해라. 내 몫까지 꼭!

오기훈

실감이 나지 않았는데도 가슴이 꽉 막힌 듯 먹먹해

졌다. 그를 거의 잊었다고 생각했는데, 그와 함께했던 모든 순간과 감정이 한꺼번에 스쳐 지나갔다. 한참 동안 주저앉아 무릎에 얼굴을 파묻고 그와의 기억을 떠올렸다. 그때, 미나가 현관문을 열고 들어왔다. 미나는 넋이 나간 얼굴의 나를 발견하고 놀라 물었다.

"뭐야! 왜 그래? 무슨 일인데?"

나는 미나에게 기준 오빠의 편지를 건넸다. 미나는 서서 찬찬히 글을 읽더니, 맞은편 소파에 털썩 앉았다.

"이게 사실이야? 다큐냐고?"
"나도 몰라. 방금 받았어….''

벌떡 일어나 주방으로 가서 물을 한 잔 마시고 난 미나가 단호하게 말했다.

"기준 오빠 어머니한테 전화를 드려 봐. 당장! 정확

하게 확인은 해 봐야지. 어서!"

나는 마지못해 기준 어머니께 전화를 드렸다.

"안녕하세요, 저…."

"아, 지혜 씨? 전화할 거로 생각했어요. 기준이가 부탁해서 내가 편지 보냈어요. 놀랐겠지만, 사실이에요. 장례 다 마치고 이틀 전에 납골당에 안치시켰어요. 그러고 나서야 편지 보내 달라고 부탁했었거든, 우리 기준이가…. 납골당 주소와 안치 위치를 문자로 보내 줄게요. 편할 때 한번 찾아가 봐요. 그래야 차라리 맘이 편하겠지."

"전, 믿어지지 않아요…."

"그건, 나도 그래요…. 하지만, 어쩌겠어. 받아들여야 할 사실인걸…."

나머지 무슨 말을 하고 전화를 끊었는지 기억나지 않는다. 전화를 끊고 잠시 뒤 납골당 주소와 안치 위치가 문자로 왔다. 미나는 덕만이에게 전화했다. 스피커폰으로 다 들을 수 있도록 하고 통화했다.

"덕만이 너, 그동안 기준 오빠랑 연락했던 거야? 나랑 지혜도 모르게?"

"어, 그게…. 남자들끼리 약속인데 지켜 줘야지. 몇 번 병문안 갔었어. 최근에 지혜 주소 물어보더라고."

"그럼, 너 기준 오빠 어떻게 됐는지도 아는 거야?"

"장례식도 갔었어. 난 그냥 지혜가 알게 될 때까지 기다린 거야. 그러기로 했었어."

"오오, 대단하다, 남자들. 정말, 할 말이 없네."

게다가 기준 오빠가 안치된 곳은 덕만이 형이 안치된 곳과 같은 납골당이라고 했다. 덕만이는 기다렸다는 듯 내일 함께 가 주겠다고 했다. 미나는 내가 일하는 가게에 대신 전화해서 오늘과 내일 일이 생겨서 갑자기 쉬게 됐다고 보호자처럼 말해 주었다. 그리고 나를 아무 말 없이 가만히 안아 주었다.

다음 날, 덕만이 차로 납골당에 갔다. 도착해서 기준 오빠의 유골함을 찾았다. 기준 오빠가 환하게 웃고 있는 사진이 참 얄밉다고 생각했다. 그런데 미워할 수는 없었다. 어떻게 그를 미워할 수 있을까. 삶의 마지막까지 나를 챙긴 그 사람을….

　덕만이가 옆에서 말했다.

　"기준 형님, 전 약속 지켰습니다. 아시죠? 지혜 잘 돌볼게요. 염려 마시고 좋은 데 가서 편안하게 잘 지내세요."

　갑자기 눈물이 솟았다. 내가 휘청거리며 흐느끼자 미나가 옆에서 나를 꼭 안아 주었다. 이제 정말, 마지막 남은 기억마저 보내 줄 수 있을까. 그럴 수 있을까. 보내 주는 건 끝이 아니겠지. 어차피 오기준은 내 삶의 일부분으로, 나와 함께 살아가게 될 테니까….

......

    또다시 몇 달이 지나고 나서야 조금씩 일상으로 돌아올 수 있었다. 휴일인 나는 모처럼 혼자만의 시간을 보내며 누워서 음악도 듣고 책도 읽다가, 미나를 위해 저녁 식사를 준비하기로 했다. 아침 일찍 출근한 미나는 저녁때쯤 퇴근하겠다고 문자를 보내왔다. 오랜만에 미나가 좋아하는 파스타에 해산물을 잔뜩 사 가지고 와서 요리했다. 일을 마치고 들어온 미나가 샤워하고 나와서 식탁을 보며 탄성을 질렀다.

    "어머나, 다 내 취향이네. 깜찍한 년. 이쁜 짓만 하고 지랄이야. 흥!"

    미나는 얇은 원피스 잠옷을 입고 있는 내 엉덩이를 철썩 때리며 말했고, 나는 어이가 없어서 그냥 피식 웃었다. 미나와 난 모처럼 와인을 곁들인 저녁 만찬을 음미하며 행복해했다. 맛있게 식사를 마치고 난 미나가 와인 잔을 든 채 문득 말했다.

"지혜야, 우리 이렇게 사니까, 진짜 부부 같다. 그치, 안 그래?"
"응, 뭐, 그런 것 같기도 하네."

와인을 몇 잔씩 마시고 둘 다 얼굴이 붉어져 있었다.
여섯 명도 너끈히 앉을 수 있는 테이블에 마주 앉아 있던 미나가 내 옆자리로 돌아와 앉으면서 뭔가 생각났다는 듯 말했다.

"너 그거 기억나? 우리 초등학교 때 뽀뽀한 거? 우리 그거 한번 해 보자."
"얘가 왜 이래, 갑자기?" 하는데, 어느새 미나의 입술이 내 입술에 닿았다.

부드럽고 달콤한 미나의 입술이 닿았다. 까마득한 과거로 순식간에 내 기억이 돌아갔다. 미나와의 첫 키스. 어색했지만 가장 감미로웠던 추억. 미나는 나를 껴안고 본격적으로 키스를 하기 시작했다. 미나의 혀가 뜨겁게 내 입술 사이로 미끄러져 들어왔다. 모든 생각이 멈췄다. 우리는 너 나 할 것 없이 거실의 소파로 가서 포옹하며 진한 키스를 나누기 시작했다. 온몸의 피와 근육이 요동치는 것 같았다. 우리는 더 깊이 서로를 느끼려고 상대를 끌어당겼다. 그런데, 갑자기 미나가 몸을 밀치면서 내 얼굴을 바라보다가 웃음을 터뜨렸다. 순간 이게 뭔가 당황하고 있는데,

"아이, 나 몰라. 나 레즈비언인가 봐. 너무 좋아! 어떡하지?" 하며 수줍은 듯 히히 웃었다.

난 더 이상 그딴 건 중요한 게 아니라며, 미나를 다시 눕히고 더 진하게 키스했다. 우리는 어느새 정신없이 서로의 옷을 벗기고 있었다. 거실에서 옷을 다 벗기

고 내 방 침실로 갔다. 미나가 내 가슴을 애무하기 시작했는데, 나도 모르는 신음이 저절로 터져 나왔다. 이게 도대체 무슨 느낌일까. 낯선 전율이 온몸을 관통하기 시작했다. 온몸이 예민해지기 시작했다. 솜털 하나까지 전부 살아서 제각기 꿈틀거리며 황홀함을 만끽하는 듯했다. 마치, 내 몸 전체가 민감한 성기가 된 느낌마저 들기도 했다. 우리는 그토록 온몸을 서로에게 주고받으며 사랑해 주었다. 마지막인 것처럼. 세상이 끝나는 것처럼. 미나는 몇 번이나 괴성에 가까운 소리를 내기도 했고 나는 사람과 동물을 오가는 기분으로 수시로 몸을 떨었다.

얼마 동안 우리가 그렇게 서로를 애무하고 느꼈는지 모르지만 지쳐서 잠들 때까지였던 것 같다. 잠결에 미나의 엉덩이가 만져졌고, 아! 나는 또 어느새 미나의 온몸을 쓰다듬고 있었다. 새벽이 다 되어서 하늘이 푸르게 보일 때쯤 잠에서 깨 보니, 미나는 내 젖꼭지를 물고 잠들어 있었다. 마침내 둘 다 잠이 깨고 난 뒤, 함께 샤워를 하면서도 우리는 또다시 키스하고 온몸을 애무했다.

그날 이후 우리는 항상 같은 침대에서 발가벗고 잠자고 일어났다. 함께 자고 일어나 식사하고 출근하는 평범한 하루하루가 최고의 성공보다 달콤하고 향기롭게 느껴졌다. 계획했던 일을 노력해서 이루어 낸 것보다, 전혀 예상치 못한 사건이 선물처럼 축복처럼 더 커다란 행복을 가져다줄 수 있다는 걸 알게 되었다. 물론, 우연은 아니라고 생각한다. 우리는 이미 오래전부터 서로를 원해 왔다는 생각이 분명히 들었으니까. 그걸 몰랐을 뿐이라는 생각이 들었으니까.

나와 미나는 평범한 일상에서 오는 행복을 날마다 만끽했다. 어릴 때부터 둘도 없는 친구였지만 첫날밤 이후 우리 사이는 완전히 새롭게 태어났다. 아주 사소한 것을 해도, 빨래를 하고, 함께 장을 보고, 양치를 하거나, 커피 한 잔을 나눠 마시는 것마저도, 그지없는 행복으로 여겨졌다. 심지어는 청소를 안 했다고, 설거지를 안 했다고, 서로 지적하며 투덜거릴 때조차, 행복하게 느꼈다.

우리는 그토록 자유롭고 편안했고 결핍 없는 충만감을 누렸는데, 가끔은 그러한 날들 속에도 문득문득 떠나간 기준 오빠의 향기가 풍긴다는 생각이 들곤 했다.

콧노래를 흥얼거리며 설거지하는 미나를 뒤에서 가만히 안아 줬는데 미나가 뜻밖의 말을 했다.

"너한테는… 향기가 나. 너만의 특별한 향기가….”

내가 언젠가 기준 오빠에게 했던 그 말을, 미나에게 듣게 될 줄은 몰랐다. 기준 오빠의 향기를 미나도 맡고 있는 걸까? 아니면, 그 향기는 남자의 향기가 아닐까? 그 향기는 애초에 내게서 났던 게 아닐까? 여자로 살고 있지만 남자였던 내게서 풍겨 나오는 향기!

여자로 살고 있어도 결국 남자였던 나를, 나는 완전히 잊고 살 수는 없다. 남들은 몰라도 나는 안다. 죽을 때까지 내가 안고 가야 할 기억임을….

하이라이트

✦

미나와 나는 계절이 세 번이나 바뀌도록 날마다 함께하는 행복을 만끽하고 있었다. 그러던 어느 날, 소파에서 각자 휴대전화를 검색하며 누워 있다가 미나가 불쑥 말을 꺼냈다.

"지혜야, 우리 결혼할래?"

심장이 덜컹 울렸다. 파문이 일었다. 미나가 가슴
속 연못에 커다란 돌을 던진 것만 같았다. 하지만 엉
뚱하게 장난기가 발동하며 내 입에선 다른 말이 튀어
나왔다.

"글쎄, 그건 좀, 생각해 봐야지."
"왜? 도대체 왜, 왜?"

미나가 펄쩍펄쩍 뛰면서 따졌다.

"그게, 뭐…. 넌 남자 경험도 많고 아쉬울 게 없지
만, 난 뭐 남자 경험도 없고, 수술 이후에는 너밖에 없
었잖아."
"아니, 그거야…. 정 그렇게 억울하다면 뭐. 결혼하
고 나서도 네가 진짜 자 보고 싶은 남자 생기면 자 봐
라. 내가, 세 번까지는 눈감아 줄게. 굳이 나한테 이
야기할 필요는 없고, 어때?"

진지한 듯한 표정의 미나를 보자니 정말 웃음을 참기 힘들었지만, 난 간신히 웃음을 참으며 미나를 살며시 당겨 꼭 안으면서 말했다.

"나는 너 하나면 충분해. 농담한 거야…."

미나가 결혼 이야기를 하고 나서 난 딜레마가 생겼다. 내가 남자로 그냥 살았다면 우린 아주 정상적인 커플이다. 하지만 수술을 마치고 내가 여자로 살면서 여자인 미나와 결혼하는 것은 레즈비언 커플의 결혼보다 특이한 일이다. 어차피 난, 이래저래 평범하긴 글렀다.

당시 나는 변호사인 작은아버지를 통해 성별 정정 소송을 준비하고 있었다. 성별 정정을 하고 나면, 동성혼을 인정하지 않는 법 제도 속에서 우리는 부부가 될 수 없었다. 그렇다고 만약 결혼을 먼저 하면, 성별 정정 소송은 불가능해질 것이라고 했다. 참 아이러니다. 그런 상황이 야속하고 안타까웠다. 하지만 얘기를 들은 미나의 대답은 언제나 그렇듯 심플했다.

"성별 정정해야지, 당연히! 넌 여자잖아. 법적인 결혼? 그게 무슨 의미니? 해 봤자 두 쌍 중 한 쌍이 이혼하는 세상에서. 난 다 필요 없어. 그냥 피로 쓴 서약서 한 장만 있으면 돼. 그러니까 손가락 깨물자, 우리."

그랬다. 그런 건 아무 상관이 없었다. 그만큼 우리는 서로를 잘 알고 이해했으며, 앞으로 계속 함께하고 싶은 마음이었다. 그것뿐이고 그게 전부였다.

덕만이에게 결혼 발표를 했더니, 대답이 가관이었다.

"나는 유리한테 한눈팔다가 둘 다 놓쳤네. 젠장!"

천연덕스럽고 엉뚱한 그 말에 우리는 빵 터졌다. 소파 위를 구르며 즐거워했다.

그냥 둘만 결혼한 거로 하고 지금처럼 살면 어떠냐고 하니까 미나는 펄쩍 뛰었다. 부모님과 가족들, 가까운 지인들에게 축복받아 마땅하다며 굽히지 않았다. 며칠 뒤 우리는 각자 집에서 허락을 맡기로 하고 각자 집으로 행했다. 미나는 머리 풀고 석고대죄를 해서라도 허락받으라며, 허락받기 전에는 집에 올 생각 말라고 엄포를 놓았다.

미리 약속해 두어서, 가족이 모두 모여 저녁 식사를 했다.
밥상을 다 차리고 둘러앉아 식사를 시작하자, 둘째 오빠가 말문을 열었다.

"너 솔직히 말해. 또 무슨 폭탄선언을 하려고 다 모이라고 한 거야? 무슨 사고 쳤는데?"

나는 눈치를 보다가 곱상하고 소심하게 말했다.

"그게…. 미나가 나랑 결혼하재…."

가족 모두 멍한 표정으로 잠시 침묵했다. 역시 주책없이 명랑한 둘째 오빠가 잠깐 이어진 침묵을 깼다.

"거 잘됐네! 너 같은 꼴통을 누가 데리고 살겠어. 미나 정도는 돼야지. 근데 너 웃긴다. 기껏 여자가 되고 나서 여자랑 결혼한다니. 참, 별나. 그래도 미나 정도면 뭐 괜찮지. 훌륭하지. 내가 어릴 적부터 너희 둘 알아봤다. 결혼은 좀 뜻밖이지만."

임마는 뭔가 곰곰이 생각에 잠기셨고, 아빠는 아무 말 없이 식사를 마치시고는 따로 불러서 차분하고 담담하게 말씀하셨다.

"너희 둘 다 뜻이 분명하다면, 반대해도 무슨 소용이 있겠어? 어린 애들도 아니고. 차라리 축복하는 게 현명한 거겠지…."

집으로 돌아와 미나에게 자랑처럼 이야기했더니, 뭐 그리 오래 걸렸냐고 타박하면서, 자기는 곧바로 허락받고 왔다며, 자기 집에서 누가 자기를 이기겠냐고 큰소리쳤다.

또 다른 휴일의 오후, 일요일은 누구에게도 방해받지 않는 우리 둘만의 시간. 휴대전화도 방에 두고 거실에 나와 음악을 듣거나 책을 읽기도 하고, 맘에 맞는 영화를 보기도 하며 마냥 편하고 즐겁다. 함께 있으면서 아무것도 안 해도 즐겁다는 게 참 신기할 때가 많다. 미나와 내가 번갈아 가면서 요리한 음식을 먹기도 하고, 사소한 말다툼도 하고, 서로 잔소리도 하는 평범한 나날이, 늘 지루하지 않고 새롭다는 게 점점 더 신기할 따름이다. 우리는 거실에 누워 원 없이 쉬면서 본격적으로 결혼식 준비를 했다. 예식장부터 하객들까지, 이상한 결혼식인 만큼 고민할 거리도 많았다. 미나는 모태신앙이 기독교여서 결혼은 꼭 교회에서 하고 싶다고 했다. 내가 교회에서 과연 해 줄까 묻자, 평소 마당발인 미나가 눈을 찡긋하며 말했다.

"내가 누구니? 이미 다 알아놨지. 주례해 줄 목사
님, 지혜 너도 아는 분이야."

내가 눈을 동그랗게 뜨며 궁금한 표정을 짓자 미나
가 씩 웃으며 말했다.

"왜, 있잖아. 네가 중학교 때 두드려 팬 덕만이 친
구, 민준이. 걔가 그날 너한테 맞고 정신이 번쩍 들었
던지, 교회에 열심히 다녔더라고. 사는 것도 재미없고
원하는 복표도 없었는데, 제대로 살아야겠다는 생각
이 들더래. 웃기지? 그러던 어느 날 성경을 읽다가 성
령이 확 불타오른 모양이야. 자기 사명을 찾은 것 같
다며, 그날부터 목회 공부를 하더니 신학대학을 졸업
하고 꽤 큰 교회 부목사가 돼 있다는 거야. 그래서 내
가 만났지. 엄청나게 반가워하더라. 반전이지? 암튼,
교회 야유회가 있는 날 우리가 결혼식을 하면, 교회에

는 친구 결혼식이라 하고 우리가 결혼식을 할 수 있도록 해 주겠대. 주례는 덤으로 기꺼이 자기가 해 주겠다고 하더라. 사과와 감사의 의미로 은혜 충만한 결혼식을 해 주겠다네. 아, 즐겁다, 즐거워."

예식장에서 주례까지 한 방에 해결하고, 미나가 원하는 대로 교회에서 결혼할 수 있게 됐으니 참으로 잘된 일이었다. 덕만이와 친해진 이후 민준이를 몇 번 만나기는 했지만, 볼 때마다 어색해서 서로 모른 척하고 지냈다. 그런 민준이가 이렇게 멋진 생각을 하는 어엿한 목사가 되어 있다는 게 놀라웠다.

결혼식은 민준이 교회 야유회 날짜에 맞춰 한 달 뒤로 잡았다. 하객들은 진심으로 우리 결혼을 이해하고 축하해 줄 사람들만 초대하기로 했다. 꽃길을 장식하고 철거하는 것은 미나 여동생이 지인 중 꽃집을 하는 사람이 있다며 맡아 해 주겠다고 했다. 미나와 닮았지만, 성격은 정반대인 여동생은 어머니가 일하시는 성형외과에서 상담실장이 되어 있었다. 배포가 큰 덕만이는 우리 신혼여행으로 하와이행 왕복 비행기를 예약해 주고 여행 비용까지 전부 책임져 주겠다고 했다. 불과 며칠 만에 미나가 이 모든 걸 해냈다.

"우리 둘 다 드레스 입자, 어때?" 미나가 미소가 가득한 얼굴로 말했다.

주말에 미나와 나는 웨딩드레스 숍에 가서 마음에 드는 드레스도 입어 보고 보석상에 가서 서로에게 끼워 줄 반지도 골랐다. 고맙게도 미나 동생이 따라다니면서 사진도 찍어 주고 도와주었다.

"어머, 두 분이 비슷한 날짜에 결혼하시나 봐요?" 보석상 사장님이 분명 그럴 거라는 듯이 물었다.

"아뇨, 우리 둘이 결혼해요!" 미나는 다 알아도 상관없다는 듯 당당하게 말했다. 늘 그렇듯이.

양가 어른들은 가족끼리 모두 아는데, 상견례가 왜 필요하냐며 결혼식 날 바로 예식장으로 오기로 하셨다.

......

드디어, 10월 첫째 주. 결혼식 날이 다가왔다.

미나와 나는 미용실에서 치장하고 웨딩드레스를 차려입고 교회로 와서 함께 하객을 맞이했다. 하얀 드레스를 입은 미나는 세상 누구보다 눈부시고 예뻤다. 미나가 놀란 나를 보며 먼저 말했다.

"자기야, 우리 자기 오늘 너무 예쁜데? 이따가 괴롭혀 줄게, 많이."

미나와 나는 교회 본당 입구에서 하객들을 맞았다.

많지 않은 하객들이었지만 모두 환한 미소로 우리를 축하해 줬다.

"내가 어릴 때부터 알아봤다. 너희 둘이 사고 칠 줄 알았어."

미나 엄마가 그렇게 말씀하시며 예식장 안으로 들어오셨다.

"아, 사실 내가 미나한테 관심 있었는데 우리 막내한테 뺏겼네. 아깝다, 아까워!"

둘째 오빠가 뒤따라 나타나 우리를 향해 말했다.
그 소리를 듣더니 바쁘게 이것저것 챙기던 미나 동생이 다가와서 불쑥 말했다.

"언니, 우리 언니보다 먼저 내가 언니 좋아했던 거 알지?"

곧이어 덕만이와 유리가 함께 들어왔다. 유리는 얼굴이 무척 밝아지고 환해 보였다. 유리가 반갑게 말했다.

"언니들, 축하해요, 정말. 둘 다 너무 예쁘세요!"

이태원 언니들이 우르르 몰려오며 축하한다고 한바탕 시끄러웠다. 처음 사회생활을 시작했던 미용실 원장님도 웃으며 축하해 주셨다.

미나 동생이 하객들에게 인사하고 계시는 아빠 옆에 가서 물었다.

"아빠, 언니가 여자랑 결혼해서 이상하지 않아?"

미나 아빠가 싱글벙글 웃으며 대답하셨다.

"나는 내 딸이 행복하다면 기꺼이 좋아. 누구에게

부끄럽지도, 창피하지도 않아."

양가 어머니께서 촛불을 켜시고 결혼식이 시작되었다. 우리는 양가 부모님께 절을 올렸다. 쉽지 않은 우리 결혼식을 인정해 주고 축복해 주신 소중한 부모님들께. 그러고 보니, 우리는 정말 하늘이 축복한 한 쌍이었다.

결혼식이 시작되었다. 하객들의 박수와 탄성을 들으며 미나와 난 손을 꼭 잡고 피아노 반주에 맞춰 천천히 입장했다.

제법 품위 있는 목사님이 된 민준이가 간단하게 주례사를 마치고, 본인이 직접 써 왔다는 혼인 기도문을 낭독하기 시작했다.

혼인 기도문.

사랑이 많으신 주님,

여기 사랑하는 두 사람이 주님 안에 하나가 되기 위해 섰습니다.

물방울 두 개가 합쳐져 더 큰 물방울 하나가 되는 것처럼

이 둘의 사랑이 합해져 더 큰 사랑을 세상에 전하기를 기도합니다.

두 사람의 사랑은 주님께서 주신 것이라고 믿습니다.

사랑은 주님의 것이며 우리는 모두 주님의 피조물이기 때문입니다.

두 사람의 결혼으로 이 세상의 불필요한 편견이 옷을 벗고

사랑은 그 어떤 것으로도 비난받지 아니한다는 것을 증명하는 것이기를

간절히 바랍니다.

부족한 목자가, 이 거룩하고 성스러운 결혼을 축복하게 해 주신 주님께

영광을 올립니다. 아멘.

하이라이트

그 뒤로 혼인 서약이 이어졌다.

"강지혜는 조미나를 사랑합니까?" "네!" 나는 온 마음을 담아 말했다.

"조미나는 강지혜를 사랑합니까?" "네!" 미나가 힘차게 외쳤다.

"두 사람의 결혼이 주님의 축복 가운데 이루어졌음을 선포합니다. 아멘."

혼인 서약이 끝나자, 민주 언니가 축가로 〈어메이징 그레이스〉를 부르기 시작했다. 언제 들어도 좋은 허스키한 목소리가 미나 동생의 아름다운 반주와 어울려 교회 전체에 거룩한 분위기를 풍겼다. 커다란 스크린에는 민주 언니가 부르는 영어 가사가 번역과 함께 흘러나왔다.

Amazing grace, how sweet the sound

놀라운 은총이여, 그 소리 얼마나 감미로운가요

That saved a wretch like me

가엾은 저를 구해 내신 그 음성

I once was lost, but now I am found

저는 한때 방황했지만 이제 길을 찾았고

Was blind, but now I see

한때 눈멀었으나 이젠 보게 되었습니다

It was grace that taught my heart to fear

은총이 내게 두려움을 가르쳐 주었고

And grace my fears relieved

또한 은총이 내 두려움을 걷어 내었습니다

How precious did that grace appear

그 은총 얼마나 고귀하던지요

That hour I first believed

내가 처음 믿게 된 그 시간

기뻤던 순간과 힘들었던 순간들, 함께 웃고 슬퍼했던 시간이 모두 눈앞을 스쳐 지나갔다. 그 모든 시간을 함께해 준, 지금 내 옆에 있는 미나도. 아! 내 삶이 얼마나 큰 축복인가. 지나간 시간이 떠올랐다. 좋고 나쁘고 기쁘고 슬프고 아팠던 순간들이 모두 눈앞을 스쳐 지나갔다. 어느덧 하객들이 하나둘씩 각자의 처지에서 각자의 감정을 억누르며 흐느끼기 시작했다. 그 흐느낌이 조금씩 커지려고 할 때, 반주는 어느덧 〈10월의 어느 멋진 날에〉로 바뀌어 있었다. 민주 언니가 무대를 내려가고 마이크를 든 덕만이가 동굴에서 울려 나오는 굵직한 음성으로 노래를 부르며 무대로 걸어 나오고 있었다. 화면에 보이던 가사도 바뀌어 있었다.

눈을 뜨기 힘든 가을보다 높은
저 하늘이 기분 좋아
휴일 아침이면 나를 깨운 전화

오늘은 어디서 무얼 할까

창밖에 앉은 바람 한 점에도
사랑은 가득한 걸
널 만난 세상 더는 소원 없어
바램은 죄가 될 테니까

자막을 통해 노래 가사가 계속 이어지다가, 어느새 나와 미나의 어린 시절 모습부터 자라면서 찍은 사진들이 계속 바뀌며 화면을 채우고 있었다. 학창 시절에 덕만이와 셋이 찍은 사진도 올라왔고 각자의 가족들과 찍은 사진들도 올라왔다. 그리고 가장 최근에 서로의 드레스를 봐 주고 서로의 반지를 골라 주던 사진들까지….

결혼식에서 제일 많이 불린다는 그 노래를, 덕만이가 부르고 있다는 게 왜 이토록 뭉클할까. 덕만이의

하이라이트

목소리가 저토록 좋은지, 덕만이가 저렇게 노래를 잘하는지 모르고 지내 왔다. 고마움에 참고 있던 눈물이 툭 떨어졌다. 나는 화장이 지워질까 봐 감격의 눈물이 자꾸 올라와도 참고 또 참고 있었는데, 옆을 바라보니 미나는 보통 때와는 다르게 차분하고 성스러운 느낌마저 풍기고 있었다.

나는 이제 사랑한다고 말할 수 있는 미나가 있다. 내 삶의 빈 곳을 채워 줄 미나가 옆에 서 있다는 것에 감사했다. 또한, 인정하기 쉽지 않은 우리의 사랑을 있는 그대로 받아 주고 축복해 주는 하객들이 함께한다는 것이 너무나도 고마웠다. 넉만이가 2절까지 다 마칠 즈음엔 세상을 다 가진 벅찬 감격이 교회 안을 가득 채우고 있었다.

이런 게 바로 인생의 하이라이트가 아닐까!
아무도 부럽지 않은, 세상을 다 가진 것 같은 바로 오늘, 이 결혼식이!

사진 촬영을 마치고 두 개의 부케는 유리와 덕만이가 받았다. 그들이 함께 살게 될지, 각각 소중한 사람을 만나 살게 될지 누가 알까. 그들을 포함한 하객들은 이제까지 본 결혼식 중 제일 거룩하고 성스러운 결혼식이었다며 흥분하며 축하해 주었다.

모두가 행복했던, 이상하고도 특별한 결혼식이었다.

......

살면서 누구도 특별하거나 평범하지 않다고 생각한다. 적어도 내가 만난 사람들은 그랬다. 어쩌면 모두가 특별하기에 평범해 보이는 것일지도 모르고, 평범하기에 모두 특별한 것 아닌가도 싶다. 완벽한 사람은 없다. 그럼에도 나는 늘 뭔가 부족하거나 잘못되었다고 자책하며 살아왔다. 하지만 이제는 알 것 같다. 완벽한 사람은 존재하지 않는다는 것을. 특별해지고자 하는 욕심과 평범해지고자 하는 욕심을 둘 다 내려놓고 나서야 행복할 수 있다는 것을….

나는 더 이상 내 삶이 흰색인지 검은색인지 판단하지 않기로 했다. 나는 그저 회색의 날개를 품고 살아갈 뿐이다. 나는 더 이상 다른 사람이 정해 준 모습이 아니라, 나 자신이 꿈꾸고 그리던 모습으로 살아가기에 행복하다. 끊임없이 남을 의식하며 자신을 누르고 억지로 맞지 않은 옷을 입고 살아가는 사람들에 비하면, 내가 누리는 자유와 행복은 참 소중히디는 생각도 하게 된다. 물론, 나를 지지해 주고 응원해 주는 사람들이 함께하기에 가능하다는 생각을 잊지 않는다. 고마운 그들의 얼굴이 수시로 스쳐 지나간다.

내일이 비록 오늘과 비슷할지라도 내가 경험해 보지 못한 새로운 하루다. 때로는 어제까지는 상상하지도 못한 일들이 생기고, 새로운 인연을 만나기도 하며, 전에 알던 사람들이 전혀 다른 모습으로 보이기도 한다.

매일 자신과 타인을 더 깊이 이해하고, 더 지혜로워지며 용감하게 살아가는 것. 어쩌면 삶에 목적이 있다면 그런 게 아닐까. 내 등에는 회색의 날개가 펼쳐져 있고, 아직도 가끔 근원지가 애매한 그 남자의 향기를 맡으며, 이런저런 쓰라린 기억들도 함께하고 있지만, 사랑하는 가족들, 뼈와 살 같은 미나, 바위처럼 든든한 덕만이와 함께, 잘 먹고, 잘 살아가기로 다짐해 본다.

살아가는 동안 날개는 계속 자랄 것이다. 그때마다 쓰라림과 통증이 따라올지라도, 나는 점점 더 높이, 조금 더 자유롭게 날아오를 거라는 걸, 이젠 안다.

지금 창밖에는 비가 내리고 있다. 해가 진 거리의

불빛들이 빛줄기와 함께 흐릿하게 흔들리고 있다. 비가 내리는데도 집 안은 따듯하고 아늑하고 푸근하다. 미나는 이어폰을 꽂고 침대에 엎드린 채, 패션 잡지를 뒤적이며 노래를 따라 부르고 있다.

　지금 난, 누가 뭐래도 행복하다.

The End.

《날개가 자라는 날들》은 실화 바탕 소설이라고 해
도 이상할 게 없습니다.

누군가에게 일어났던 일이고 누군가에게 일어나고
있는 그런 이야기들로 구성하였습니다.

제 경험과 알고 지내 온 여러 지인의 경험을, 지혜,
덕만, 미나, 세 사람이 풀어 나가는 이야기로 각색하

여 소설로 꾸며 보았는데, 우리가 잘 인식하지 못하더라도 우리 주변에서 일어나고 있는 일이라는 것을 생생하게 표현하고 싶었습니다.

선진국에서조차 퀴어의 삶은 녹록지 않은 것이 사실입니다.

아직도 낯설고 이상하고 특이한 사람들로 치부되며, 다수의 시선이 원치 않은 불편함을 주기도 합니다. 하지만 그러한 사람들이 살고 있는 것은 애써 눈을 감아도 존재하는 사실이고 진실이라는 것을 말하고 싶었습니다. 그리고 퀴어로 살아가는 삶이 쉽지는 않지만, 그러한 어려움을 중심으로 이야기하고 싶었다기보다는, 그들을 이해하고 아껴 주고 응원하고 사랑해 주는 사람들도 엄연히 존재한다는 것을 더 이야기하고 싶었습니다. 삶은 결국 그러한 온정으로 살 만하게 느껴지니까요.

성 소수자로 살아간다는 게 자랑도 아니지만, 그렇

다고 마냥 부끄러워할 일도 아니라는 생각을 해 봅니다. 어쩌면 성적인 문제를 포함하거나 제외해도 개개인은 결국 모두 소수자라고 생각하게 됩니다. 비슷한 개인이 모였을 때 집단이 되고 집단의 성격을 갖겠지만, 혼자만이 느끼는 세상은 어쩔 수 없이 소수자의 생각이 되겠지요. 비슷한 것이 같은 것은 아니니까요.

정보 통신의 발달과 운송 수단의 발달로 다양한 국가의 다양한 문화를 가진 사람들이 성큼 가까워졌습니다. 우리가 다양성에 마음을 활짝 열고, 다양한 문화와 다양한 사고를 하는 사람을 이해하고 협력하고 공존하는 세상도 그만큼 가까워졌는지 모릅니다. 언어와 생각이 다를지라도 인간이라는 공통점으로, 진심은 통한다는 사실로, 우리는 더 잘 살아갈 거라고 희망해 봅니다.

자신의 별을 향해 제각기 세상을 걷고 있는 우리가.

지혜, 미나, 덕만이가 서로를 바라보는 시선처럼
따듯할 수 있다면 참 좋겠습니다,